# 桜の下で開く女たち

霧原一輝

双葉文庫

目次

# 桜の下で開く女たち

# 第一章　奔放な娘とハメ撮り

1

四月中旬の早朝、井上浩之《いのうえひろゆき》は秋田県角館町《かくのだてまち》で、薄紅色の頭《こうべ》を垂れたしだれ桜と、その前に立ってポーズをとる振り袖姿の石田萌香《いしだもえか》を撮影していた。

「いいよ。そこで着物を見せようか。両腕を横に出して、腕の下にそのきれいな振り袖を見せよう」

「こうですか？」

萌香が両腕をほぼ真横に出し、少し身体をねじって、ポーズをとった。

プロのモデルではないが、二十三歳と若く、ＳＮＳもやっているから、撮ったり撮られたりすることに慣れている。ポージングも上手い。

「いいよ、最高だ。そう、いい笑顔だ。萌香ちゃんは笑っているときがいちばんキュートだね。撮るよ」

浩之は愛機の一眼レフカメラをかまえ、ファインダーを覗《のぞ》いた。シャッターボタンを半押しして、焦点を萌香の顔に合わせ、縦構図にしてシャッターを切る。被写界深度を浅くしているので、後ろのしだれ桜はボケている。

数枚撮ってから、

「今度は、後ろの桜もきっちりと入れるからね」

浩之はカメラの操作をする。具体的にいえば、F値を大きくして、被写界深度を深くする。こうすれば、ピントが合う範囲がひろがり、奥のしだれ桜もきっちりと撮れる。

少しさがって庭から、しだれている桜を大きく入れ、風景の一部として萌香を撮った。

萌香はオレンジ色のグラデーション地に梅、桜などを入れた古典柄の振り袖を着ているせいで、背景のしだれ桜に溶け込んでいて、違和感はない。

(イケるんじゃないか……)

浩之は様々なアングルと構図でシャッターを切り、その都度、カメラの液晶モニターで確認をする。

しだれ桜と振り袖は相性がいい。ポージングを変えて、しだれている薄紅色の密集を両手で持ちあげるようにしてシャッターを切る。

「ばっちり撮れてるよ。見るかい？」

撮ったばかりの写真を、カメラの背面の液晶モニターで再生する。

「さすがだわ。やっぱりプロのカメラマンの写真は全然違う。わたし、こんなにかわいかった？」

「かわいいさ、もちろん……せっかくだから、桧木内川堤《ひのきないがわづつみ》でも撮るか？」

「撮るぅ！　撮りたい、絶対に！」

萌香がはしゃいで、腕にしがみついてきた。

小柄だが、振り袖がよく似合う。髪を桜の簪《かんざし》でまとめていて、和服を着こなすセンスもあるようだ。

目がくりくりとして、少し厚めの唇もぷりっとして愛らしい。

「じゃあ、行こう」

二人は川堤に向かって歩きだす。

浩之は『みちのくの小京都』と呼ばれる角館が好きだ。武家屋敷の黒板塀《くろいたべい》に桜の薄紅色が映える。桜だけでなく、新緑や紅葉の季節もいい。これまでにも数えきれないほど訪れていて、今では、地図など見なくとも自在に歩ける。

優雅な貴婦人のようなしだれ桜を見ながら、武家屋敷通りを歩いて、桧木内川堤に向かう。カメラバッグを肩に斜めにかけ、カメラを首に付けたストラップで吊り下げている。

小股で隣を歩いていた萌香が、

「井上さんは、ここ三年、桜の満開の時期に、うちのトレーラーハウスに泊まってるよね。桜を撮るのが好きなの？」

つぶらな瞳を向けてきた。

萌香はトレーラーハウス式のホテルを営む両親の娘で、大学を卒業してからも仕事を手伝っている。そこを定宿にしている浩之がフォトグラファーだと知る萌香から、昨日、振り袖姿の自分を桜とともに撮ってほしいと頼まれて、ＯＫを出した。

三年前にトレーラーハウスに泊まったときから、萌香をモデルに撮りたいという気持ちが芽生えていた。そのとき萌香はまだ大学生だったが、明るくて、生き生きとした姿は、とてもチャーミングだった。

混み合っていると、どうしても他人が写り込んでしまうので、まだ観光客が少ない早朝からの撮影となった。

「桜を撮るのは、好きだね。ライフワークみたいなものかな」

言うと、萌香がへぇーという顔をした。

井上浩之は現在三十五歳で、某出版社の写真部の契約スタッフとして雇われている。だが、今回の撮影は仕事ではない。

桜を追う期間、出版社に無理を聞いてもらって、仕事は入れていない。

「桜前線とともに、自分も北上している感じかな。今年もここから函館まで行くつもりだ。桜は満開じゃないと、いい写真は撮れない。その満開の時期を見定めるのが難しいんだ」

「それで、うちなのね。うちは比較的、ぎりぎりでも予約を取りやすいもの」

「それだけじゃないよ。トレーラーハウスは、家でいえば離れみたいなもので、隣を気にしなくてすむから、泊まり心地がいいしね」

じつは、浩之はライフワークと決めている桜の写真を、毎年コンテストに応募して賞を狙っている。

すでに三十五歳。そろそろフリーのフォトグラファーとして、独り立ちしたい。そのためには、コンテストで受賞するのが手っ取り早い。

これまでも、数々のコンテストに応募して、予選は通っていたが、もう少しのところで受賞には至っていない。桜はあまりにも被写体が強烈すぎて、コンテストには向かないのかもしれない。周りからも、桜はよせ、と言われていた。

不利なことはわかっている。だが、ライフワークとして決めているからこそ、意地でも桜の写真で受賞したかった。

受賞すれば、桜の写真集を出版社から出せるはずだ。そうなれば、撮り溜めしてきた桜の写真も日の目を見ることができる。

桧木内川堤を駐車場からあがっていくと、全長二キロにもわたるソメイヨシノの桜並木がつづいていた。

ソメイヨシノのほうが、しだれ桜と較べて、色が白い。ソメイヨシノは基本的に花びら自体は白く、花の中心部分や蕾《つぼみ》は赤が強いのだが、全体として見たときには蕾も限りなく白に近い薄紅色に見える。

朝日が斜めから桜並木に当たり、光の具合は素晴らしい。

川べりなので風が強く、白の強い薄紅色の花びらが、ひらひらと優雅に舞い落ちている。天気が良く、青空がひろがっており、これなら白い花の集まりが映えるだろう。

「いい感じだ。光もいい」

浩之はロケハンしながら、これという場所を決め、萌香をモデルに写真を撮る。快晴だから、思った以上に青空と白い花びらのコントラストが効《き》く。萌香だけにピントを合わせた写真を撮り、その後、被写界深度を深くして、萌香と桜を撮る。

やはり、振り袖は桜と相性がいい。桜並木の下に萌香を立たせて、それを望遠レンズで撮影した。

どうせなら、この散っていく花びらも効果的に使いたい。

一時間ほどすると、観光客が多くなってきたので、撮影を止めた。

カメラのモニターで撮ったばかりの写真を見せると、

「スゴーイ。尊敬しちゃう！　ねえ、これ何枚かＳＮＳに投稿してもいい？」

萌香がモニターを覗き込みながら言う。

「もちろん……モデル代替わりだ」

「ヤッター！」

萌香の大きな瞳が輝いた。

浩之は、駐車場に停めた愛車のステーションワゴンに戻り、萌香を乗せて、車で十五分ほどのトレーラーハウス式ホテルに向かった。

撮影旅行に出る際には、この愛車を使う。ラゲッジスペースがひろく、セダンのように乗り心地がいいから、長距離の移動も苦にならない。新車は高すぎて買えないから中古車だが、二年使っても快調に走る。

ホテルの駐車場に到着して、降り際に萌香が言った。

「今夜、夕食後に部屋に行ってもいいですか？　SNSに載せる写真を選びたいから」

「かまわないよ」

「よかった。これから、撮影なんでしょ？」

「ああ。せっかく満開のときに来られたんだから、目一杯撮らないとね」

「頑張ってくださいね。そうだ。最後に、このスマホで助手席に乗っているわたしを撮ってくれませんか？」

「いいよ」

妙なことを言う。どうせ撮るなら、桜とともに撮ればいいのに……そう思いながらも、渡されたスマホで萌香を横から撮る。

「じゃあ、こういうのも……」

萌香がいきなり振り袖の前身頃《まえみごろ》をつかんで、左右に開き、赤い長襦袢《ながじゅばん》もまくって、はだけさせる。

真っ白な太腿《ふともも》がかなり際どいところまでのぞき、一瞬、撮るのをためらった。

「いいのか？」

「ええ……わたしのスマホだから流出はしないし、これもバエるでしょ？　いいから、撮って」

萌香は頑《がん》として引かない。一度、言いだしたら聞かないタイプだ。

「わかった。どうせなら、このくらいにしたほうが、色っぽいだろう」

草履《ぞうり》を履《は》いた左足をダッシュボードにかけて、赤い長襦袢から真っ白な太腿がのぞくポーズをとらせて、スマホのシャッターを切った。

出来上がった写真を見せると、

「さすが！　エロかわいい！　今夜、行くね」

萌香は最後に念を押して、車を降りた。

浩之は駐車場で手を振る萌香を確認してから、ふたたび車を出す。

2

その夜、トレーラーハウス群の一角《いっかく》の、独立して設けられているラウンジで夕食を摂《と》り、自分の部屋に戻った。いざとなったら、このまま車で移動できるトレーラーハウスのなかは、見事に居住空間に変身を遂げて、ダブルベッドの他に、デスクや冷蔵庫、シャワールームなども完備している。

浩之はシャワーを浴びて、少し休んだ後、パソコンにカメラのデータを移し、今日、撮影した写真を見る。

満足のいく出来のものは少ない。これは、いつものことだ。

だが、たとえどれほど駄作があったとしても、これという写真が一枚あればいい。

フィルムを使っていた頃は、一枚一枚が勝負だった。だが、デジタル時代になって大切なのは、とにかく多くの枚数を撮ることだ。ＳＤカードなど安いものだ。

『とにかく、たくさん撮れ』

師匠の小宮山秋芳《こみやましゆうほう》から唯一学んだのは、この何の変哲《へんてつ》もないことだった。

（小宮山秋芳か……あいつのせいで、俺は遠回りを強《し》いられている）

浩之はぎゅっと唇を噛《か》みしめる。

某芸術系大学の写真科を卒業後、スタジオアシスタントなどをして撮影の実践を学び、その実績を買われて、二十七歳のときに小宮山秋芳の専属アシスタントに雇われた。つまり、弟子入りした。

当時、秋芳は五十五歳で、写真家として脂の乗りきった時期だった。

秋芳は風景写真で評価されていて、とくに満開の桜の写真は絶品だった。

桜花爛漫《おうからんまん》に咲き誇りながらも、散りゆく運命にある桜の儚《はかな》さを、一枚の写真で見事に表現していた。

浩之は写真に興味を抱いた高校生のときから、桜の写真集を出すのが夢だった。

桜の写真の第一人者である小宮山秋芳の弟子になれたことは、この上ない幸せだった。

秋芳に認められようと、最大限の努力を惜しまなかった。その甲斐《かい》あってか、スタジオ撮影のセッティングを任されるまでになった。

しかし、破綻《はたん》は突然やってきた。

同じ専属アシスタントに、高木藍子《たかぎあいこ》という二十三歳の才色兼備な女性がいた。

白いTシャツに色褪《いろあ》せたジーンズという姿が多かったが、そんな当たり前の格好ひとつとっても、藍子は飛び抜けて美しかった。

それに、写真家としての才能もあった。

ほぼ同じ時期にアシスタントになったこともあり、二人は一緒にいることが多かった。そして、与えられた仕事を如才なくこなし、時には自分にアドバイスをくれる美しすぎるフォトグラファー候補に恋をした。

藍子は、仲間意識があったのか、浩之を拒《こば》もうとはしなかった。やがて、二人は肉体関係を持ち、恋人になった。

だが、二人の関係が公《おおやけ》になった頃、浩之は秋芳に突然解雇された。

理由は『お前には能力がない。足手まといになる』というものだった。だが、真実は秋芳の嫉妬《しっと》であり、独占欲だった。

あとでわかったことだが、当時から藍子は秋芳のお気に入りであり、いつかは自分の女にしようと画策していたらしい。

浩之は師匠がこよなく愛する女と関係を持ってしまった。つまり、地雷を踏んだのだ。

アシスタントを辞めてから、藍子とは連絡が取れなくなった。電話もメールもすべて着信を拒否された。

藍子は間違いなく、秋芳から浩之との関係を絶つように圧力をかけられていたのだ。そして、いまだ駆《か》け出しだった藍子は、フォトグラファーになる夢があったからこそ、業界で強い影響力を持ち、師匠でもある秋芳の意思を撥《は》ねつけることができなかった。

当時浩之は、秋芳ばかりか、藍子まで憎んだ。

藍子は秋芳の意思を拒否して、浩之のもとに駆けつけてもよかった。それなのに藍子は、将来みずからが写真家になれるかもしれない道を選んだのだ。

それを不純だと感じた浩之は、しばらくの間、女性不信に陥《おちい》った。

怖くて、恋愛ができなかった。

その頑《かたく》なな気持ちが薄らいだのは、美しすぎるフォトグラファーとしてデビューしていた高木藍子が、急に表に出なくなり、引退したときだ。

当時の事情を知る小宮山秋芳の元スタッフから、

『高木藍子は秋芳から肉体関係を迫られたが、拒んだ。それで、秋芳が完全にブチ切れた。藍子を支えていた出版社やスポンサーに圧力をかけて、彼女を孤立させ、事実上の引退に追い込んだらしい』

と、事《こと》の経緯《いきさつ》を聞いたときに、浩之の藍子への憎しみは消えた。

同時に、女性不信からも逃れることができた。

今年になって、現在藍子は故郷である函館《はこだて》の赤レンガ倉庫で働いているというウワサを聞いた。

浩之は桜の撮影で、函館まで北上する予定だ。

一度、藍子と逢ってみたいという気持ちがあった。その反面、いまさら逢ったところでお互いの傷を舐《な》めあうだけではないか、という思いも色濃くあった。

そもそも、藍子とは連絡が取れない。勤めているといわれる赤レンガ倉庫を隈《くま》なくさがせば、見つかる可能性はあるが……。

いずれにしろ、函館に着いてから決めるしかない。これも、そのとき自分はどんな心境になっているか定かではない。

(まあ、いい……先のことは考えないようにしよう。とにかく、今はひたすら桜の写真を撮るのみだ)

浩之は藍子への思いを振り切り、角館で撮った写真を眺める。

そのとき、コンコンとドアを叩く音が響いた。

3

トレーラーハウスのドアを開けると、白いTシャツにピンクのパーカーをはおった萌香が立っていた。目を引くのは、ショートパンツから伸びたすらりとした足だ。

「SNSの写真の件だね。一応ピックアップしたけど、よかったら、自分でも選んだらいいよ。さあ、入って」

「お邪魔しまーす」

萌香が玄関でサンダルを脱ぎ、部屋にあがってきた。

浩之はドアを閉めて、萌香の後ろ姿を見る。

「これね」

デスクの上に置かれたノートパソコンを萌香が覗き込んだ。その際、尻が突き出され、色落ちしたジーンズの極端に短いショートパンツから、左右の尻たぶの丸みがはみ出していた。

ドキッとする。

同時に、このヒップを後ろから撮りたい衝動に駆られた。

萌香は同じ格好で、ノートパソコン上の写真をマウスでスクロールさせながら、言った。

「スゴーイ。こんなに撮ったんだ。みんな、すごくて選べない。このマークがついているのが、先生の選んだ写真ね」

「ああ……だけど、その先生というのはよしてくれないか。俺はまだ先生と呼ばれるほどの写真家じゃない」

「じゃあ、浩之でいい？」

「……まあ、苗字《みようじ》で呼ばれるよりいいかな」

「わかった。浩之が選んでくれた、この三枚でいいわ」

「じゃあ、これをきみのスマホに送るよ」

八歳年下の女性に「浩之」と呼び捨てにされて、抵抗感がないとはいえない。

「浩之」と呼んでいいのは、母と今はいない恋人だけだ。

しかし、萌香に名前を呼ばれても、不思議と腹は立たなかった。

浩之は椅子に座って、あらかじめ聞いていた萌香のメールアドレスに写真を送る。

すると、萌香はその写真を早速、自分のSNSにあげているようだった。

「やることが早いな」

「わたし、やってから考えるタイプだから。はい、終わり……」

萌香はスマホから目を離して、

「どう、この格好？」

桜色のパーカーの前をひろげて、ぐるっとまわった。

「いいと思うよ。すごく、チャーミングだ」

「でしょ？」

「ああ」

椅子に座っている浩之をサイドから覗き込むようにして、萌香が言った。

「この格好をSNSにあげたいんだけど……先生に撮ってもらえたら、最高なんだけどな。やっぱり自撮りじゃあ、限界があるし……浩之のカメラを使わせるのはあれだから、このスマホでいいよ。一応、三眼だし、ポートレート機能もついてるから。ダメ？」

訊《き》きながら、萌香はすでに座って、下から見あげてきた。

わざとらしいポーズだし、「先生」と「浩之」を巧妙に使い分けていて、それが鼻につく。それでも、浩之はいやとは言えない。

「今日は、モデルになってもらったしね……ちょっと見せて」

萌香からスマホを受け取った。最新式のスマホで、確かに三眼であり、ポートレート機能もついている。これを使うと、背景をボカすことができるので、プロが撮った写真のように見える。

「いいね。じゃあ、好きなようにポーズをとってごらん。こちらで撮るから」

「わかった。何枚撮ってもいいよ。まだ、たっぷり容量はあるから」

そう言って、萌香は早速ポーズをとりはじめる。やはり、決めたら即座に行動に移すタイプなのだ。

桜の時期に合わせたのだろう、ピンクのパーカーを上手に使いながら、萌香は次々とポージングする。浩之はポートレート機能を使いながら、撮影していく。あまり離れると機能しないが、二・五メートル以内なら、有効のはずだ。

「いいよ、上手だ。本物のモデルより上手いよ」

褒《ほ》めると、萌香は調子に乗ったのか、パーカーを脱いだ。

半袖の白いTシャツにジーンズの色落ちしたショートパンツという姿で、様々な格好をする。こちらに背中を向けて、挑発するように尻を振り、突き出してくる。

極端に短いショートパンツから、尻たぶのふくらみまでがのぞいている。

「いいのか？　見えそうだぞ」

「全然、かまわない。どんどん撮って。ヤバいのは、あとで消すから大丈夫」

萌香がこちらに向き直って、Tシャツの裾《すそ》を両手をクロスしてつかんだ。そのまま引きあげていく。

当然、ブラジャーが見えるだろうと思っていたのだが、見えてきたのは、ナマのオッパイだった。

シャツを引きあげるにつれて、ナマ乳房の下側の丸みがのぞいてしまい、浩之はシャッターを押すのをためらった。

「いいんだって……どんどん撮ってくれれば」

萌香が途中で動作を止めて、苛立《いらだ》ったような声を浴びせてくる。

「……こんなことがご両親にバレたら、俺は来年からここに泊まれなくなる」

「臆病《おくびょう》なのね。そんなことじゃ、いい写真は撮れないよ。せっかく、モデルが乗り気になっているんだから、その瞬間をとらえるべきじゃない？」

「………」

萌香の言葉が胸に突き刺さった。

小宮山秋芳にも『お前は臆病でダメだ。失敗を恐れずに、大胆に撮らないと、人を感動させる写真は撮れない』と言われた。

同じことを、こんな年下の女に指摘されるとは──。

（いや、俺は臆病者じゃない！）

浩之はまたシャッターを切った。

すると、萌香が交差させていた腕を頭上に引きあげるようにして、Tシャツを脱いだ。

ぶるんと乳房が転げ出てきた。

想像以上にデカい。おまけに、濃いピンクの乳首がツンと上を向いていて、まるで威張っているようだ。

浩之もこれまでヌード撮影をした経験があるから、ちょっとやそっとのことでは動揺しないはずだった。しかし、ホテルの令嬢に、もろにオッパイを見せつけられると、写真家よりも男としての感情が湧《わ》いてきてしまう。

欲望を抑えて、スマホのシャッターボタンをタップする。

萌香はカメラ目線で、前に屈み、乳房を両腕で押さえつけて、真ん中に寄せる。さらには、身体をひねって、ウエストを細く見せながら、横乳を見せる。

直線的な上の斜面を下側の充実したふくらみが持ちあげた、生意気なオッパイだった。しかも、かなり大きい。Eカップはあるだろう。

アイドル系の愛らしい顔で髪はミドルのボブだから、その顔とボディの落差が女としても被写体としても、興味をそそられる。

シャッターを切っていると、萌香がベッドに座って、足を組んだ。

連続してボタンをタップする。すると、萌香は両手を後ろに突いて、のけぞるようにして足を開いた。

あまりにも自由奔放なポーズだった。

剥《む》き出しの乳房が格好よくせりだし、開いた足はすらりとして長いが、太腿は大理石の柱のように健康美にあふれている。そして、極端に短いショートパンツの中心が股間に食い込んでいる。

「ねえ、来て……もっと近くで撮って」

萌香が誘ってきた。大きな瞳には、男を惑《まど》わすような媚態《びたい》が感じられる。心なしか目が潤《うる》んでいる。

「怖いの？　来て。わたしをアップで撮って」

言われるままに、近づいていくと、萌香はベッドに仰向《あおむ》けに横たわって、スマホを見あげてきた。

「顔を撮って……いいよ、わたしをまたいで」

浩之は意を決してベッドにあがり、仰臥《ぎょうが》している萌香に馬乗りになる形で、スマホをかまえた。

バストアップの写真を撮っていると、萌香が訊いてきた。

「浩之には、ガールフレンドいるの？」

「……いないよ」

藍子と別れてから、何人かの女性と関係を持ったが、そのいずれもが長続きしなかった。

「若いフォトグラファーって絶対に女にモテると思うけどな」

「三十五歳だから、若くはないさ。それに、俺はまだフォトグラファーとは言えない。便利なカメラマンでしかない」

「フォトグラファーとカメラマンって違うの？」

「ああ、全然違う。俺はフォトグラファーとして認められるために、桜を撮っているんだ……きみはどうなの、ボーイフレンドいるんだろ？」

「いないよ。半年前まではいたけど、別れたから」

「きみのような子と別れる男なんているのか？」

「振りまわされるだけで、心が持たないって言われたわ」

萌香が怒ったように言う。そのふくれた顔がキュートで、つづけざまにシャッターを切る。

「もう……こうしてやる」

萌香が、浩之のズボンの股間を手でなぞってきた。浩之はこのホテルの寝間着である作務衣《さむえ》を着ている。

浩之は無言で、作務衣越しに硬直をさすっている萌香の指づかいを見る。

「いいんじゃない。わたしたち、二人とも恋人いないんだし……問題ないでしょ。大丈夫よ。これは合意に基づいたものだから……ほら、どんどん硬くなってきた。ふふっ、あっという間にカチンカチン……」

萌香は作務衣越しにエレクトした分身をまさぐり、握りしごいた。そうしながら、左手で乳房を揉《も》みはじめる。

「ねえ、撮って……先生、撮って。萌香のエッチな写真を撮って……」

萌香が下からせがんでくる。

うっすらと開いた目が潤んできらきらしている。それが男としての本能なのか写真家としての習性なのか、判然としないまま、浩之はスマホのモニター画面を見ながら、シャッターボタンをタップする。

カシャッという音がして、みずから乳房を揉みしだいて、顔をのけぞらせている萌香の姿が切り取られていく。

萌香は勃起《ぼっき》をつかんでいた手を胸に持っていき、左右の手で乳首を隠す手ブラのポーズで、たわわな乳房に指を食い込ませた。

浩之は本能的に立ちあがり、俯瞰《ふかん》の構図で、手ブラをしている萌香を撮る。萌香が言った。

「ひとつ、お願いがあるの？」

「何？」

「こう」

萌香は腹筋運動をするように上体を起こし、浩之の作務衣のズボンとブリーフに手をかけて、膝《ひざ》まで一気に引きおろした。

ぶるんと頭を振って飛び出してきた肉柱を見て、

「ほらね。もう、こんなにして……わたしがオッパイを見せているんだから、浩之がおチンチンをさらしても、平等よね。その状態で撮って」

浩之は作務衣のズボンとブリーフを足先から抜き取って、ふたたび萌香をまたいだ。

だらんとしたおチンチンを見られるのは恥《は》ずかしいが、ギンとしていると、なぜか羞恥心《しゅうちしん》はない。

自分の持ちものは、おそらく標準サイズだ。だが、鋭角にそそりたっているものを見た女性が劣情をもよおすという状況は、嫌いではない。

スマホをかまえると、萌香は手ブラで乳房を揉みながら、じっと浩之の下腹部を見つめている。

「そのカチンカチンが欲しい……」

萌香は手ブラをしながら、指で乳首を捏《こ》ねている。両手をクロスさせたり、乳房を揉みあげたりしながら、顔をのけぞらせる。

レンズを向けている浩之も昂奮して、下腹部のものがますますいきりたってしまう。

萌香の右手がおりていって、ジーンズの短パンのボタンを外し、なかへとすべり込んでいった。

色の落ちたジーンズをもこもこさせながら、下腹部をいじりはじめた。左手を横にして巧みに乳首を隠し、そそりたっている肉柱に熱い視線を向けながら、萌香は短パンの裏側をいじりつづけている。

# 4

萌香が身体を起こし、浩之の前にしゃがんだ。

いきりたつものに手を伸ばして、ゆっくりとしごきはじめる。たとえどんな状況であろうと、持ちものをしごかれれば、男は感じる。

「ねえ、フェラする写真も撮って」

萌香が見あげてきた。大きな目と、あらわになったEカップの乳房が浩之の目を射る。

「いや、さすがにマズいだろう」

「大丈夫よ。わたしのスマホだから、写真は流出しないわ。それに、先生の顔は写らないんだから、これが誰のおチンチンかわからないでしょ。先生に迷惑をかけることもないから」

萌香が平然として言う。

これがSNS世代の女の子の感覚なのだろうか。いや、違う。萌香がユニークなのだ。

しかし、斬新《ざんしん》だった。

浩之はこれまで女性のフェラチオシーンを撮影したことはない。ハメ撮りも経験がない。

正確に言うと、一度チャンスはあったが、カメラマンの本能なのか、いい写真を撮りたいという意識が強すぎて、かえってセックスに集中できなかった。それで、やりかけて、カメラを置いた。

だが、スマホなら、撮影にさほど神経は使わないから、セックスの障害にはならないだろう。

「絶対に他の人に見せてはダメだよ」

「もちろん……大丈夫。わたしを信じて」

萌香が真剣な眼差しを送ってきたので、信用することにした。

「わかった。いいよ」

「いっぱい撮ってね」

萌香が口角《こうかく》を吊りあげて、いきりたつものを下から舐めあげてきた。臍《へそ》に向かっている肉柱の裏筋に沿って、舌でなぞりあげてくる。そうしながら、スマホのほうをじっと見あげてくる。

（エロいな……この子は見られることに悦《よろこ》びを感じるんだろうな）

浩之はシャッターボタンをタップして、その場面を切り取っていく。

モニター画面を見るべきか、現実の萌香を見るべきか、迷った。だが、すぐにモニターのなかの萌香に集中することにした。

画面を指でピンチアウトして、被写体の大きさを決める。

萌香はペニスを舐めている姿を撮ってほしいのだろう。舌をつかいながらもカメラ目線を崩さない。

いっぱいに出した舌で、裏筋を舐めあげ、そのまま頰張《ほおば》ってきた。

唾液でぬめ光る肉の塔の根元を右手で握り、余っている部分に唇をかぶせる。

根元を握りしごきながら、それと同じリズムで唇を往復させる。

「くっ……！」

抑えきれない快感が押しあがってきて、浩之は奥歯を嚙みしめる。すると、萌香は途中まで頰張った状態で見あげてきた。

シャッターボタンをタップした。つづけざまに撮ると、そのシャッター音に駆り立てられたように、萌香は顔を打ち振る。そうしながらも、じっとスマホを見あげている。

亀頭冠《きとうかん》を頰張り、唇をすべらせて、ほぼ根元まで口におさめる。

顔を斜めにして、ハミガキフェラの形で顔を振った。亀頭部に押された片方の頬がぷっくりとふくらむ。そのゆがんだ顔を撮る。すると、萌香はにこっとして、つづけざまに唇をすべらせる。

「んっ、んっ、んっ……」

リズミカルにしごきながら、声まであげる。

「くっ……よせ」

急上昇する快感に、浩之はとっさに萌香の頭を押さえ込んだ。

「どうしたの。気持ち良くて、撮れない？」

萌香がいったん吐きだして、言う。

「ああ……」

「しょうがないな。だったら、無理に撮らなくていいよ。気持ち良くなってほしいから」

そう言って、萌香はまた唇をかぶせてきた。

根元を激しく握りしごきながら、亀頭冠に唇と舌を引っかけるように、素早く唇を往復させる。

ジーンとした快感がうねりあがってきて、浩之は撮影どころではなくなり、もたらされる快美を受け止める。

左手で睾丸《こうがん》までやわやわされると、口のなかでイチモツが躍りあがった。

「もう、ハメたくなった？」

萌香が勃起を吐きだして、訊いてくる。

「ああ……いやっ……」

「わたし、フェラ上手い？」

「上手だ」

「だから、ハメたくなったんでしょ？　いいよ、して。わたし、前から浩之としたかったんだ……ハメ撮りしていいよ」

萌香は立ちあがり、後ろを向いて、ジーンズのショートパンツとパンティを剝きおろしていった。

Tバックが短パンとともにおろされる。その途中で、萌香は尻を突き出すようにして、ポーズをとった。

その誘惑的な姿をスマホにおさめる。

萌香は短パンとTバックを押しさげて、足踏みするようにして抜きさっていく。

一糸《いっし》まとわぬ姿になって、萌香は正面を向く。乳房は隠しているものの、そのS字カーブを描く魅惑的なボディに、浩之は一瞬、見とれた。

「わたしの身体、今が人生でいちばんきれいなときだと思うの。そういう写真を残しておきたいの。だから、撮って……ダメ？」

「いや、ダメということはない」

萌香が手ブラを外して、両手を頭の上で組んだ。

あらわになった乳房は誇らしげにトップが持ちあがり、肩幅はそれなりにあってウエストが細いので、いっそうバストが強調されている。

下腹部の陰毛は密生しているが、きれいに長方形にととのえられている。

萌香は様々なポーズをとり、浩之はそれをスマホで撮る。自分の一眼レフカメラだったら、もっといい写真が撮れるはずだ。それが残念でならない。

ひととおり撮り終えると、萌香がのしかかってきた。浩之は押しつぶされるように、ベッドに仰向けになる。

すると、萌香は下半身に顔を埋め、股間のものを頬張って、ギンとさせる。

イチモツが完全勃起すると、萌香は下半身をまたいできた。

「撮っていいよ」

ちらりと浩之を見て言い、下を向いて、いきりたっているものをつかみ、翳《かげ》りの底に導いた。

切っ先がすべるほどに、萌香の花園は濡れている。

萌香はみずから腰を振って、亀頭部に濡れ溝をなすりつけると、ゆっくりと慎重に沈み込んできた。

切っ先がとても窮屈な入口を突破して、滾《たぎ》るようななかへとすべり込んでいき、

「ぁあああ……！」

萌香が眉根《まゆね》を寄せて、顔をのけぞらせる。

「くっ……！」

と、浩之も奥歯を食いしばっていた。

萌香のオマ×コはキツキツだった。だが、粘膜は熱いと感じるほどで、ウエーブでも起こすみたいに肉柱にからみついてくる。

「ああ、いい……浩之のぴったりくる。ぁああ、動きたくなった。動くよ」

「……ああ」

萌香は両膝をシーツにぺたんと突き、上半身を立てて、腰を揺すりはじめた。

手を前と後ろに突いて、バランスを取りながら、腰を後ろに引き、そこから、突き出してくる。そのスムーズな動きで、浩之の分身は揉み抜かれる。

入口ばかりか、奥のほうもざわめきながら、亀頭冠を擦《こす》りあげてくる。その扁桃腺《へんとうせん》のようなふくらみがたまらなかった。

気持ち良すぎて、写真を撮る気になれない。

そのとき、萌香が動いた。

両手を後ろに突いて、上体を反《そ》らせる。膝を立てて足を大きく開いているので、そそりたつ肉柱が翳りの底に嵌《は》まり込んでいるのが、はっきりと見える。

「ねえ、撮って……お願い」

萌香が物憂《ものう》げな視線を浩之に向けて、腰を振りはじめた。

大胆にＭ字開脚された左右の太腿の奥に、結合部分が見える。淡い色をした肉びらを押し退けるようにして、自分の分身がおさまっている。

そして、萌香が腰を前後につかうたびに、蜜まみれの肉棹《にくざお》がヌッと姿を現し、吸い込まれていく。

「動画で撮ってもいいか？」

「いいよ、動画でもいいよ……ぁあああ、気持ちいい」

萌香がのけぞりながら、いっそう激しく腰をつかう。

浩之はうねりあがる快感をこらえて、ビデオ機能に切り換えた。

赤い印が出て、それをタップすると、ビデオ撮影がはじまり、上部に秒数が刻《きざ》まれていく。

スマホを縦にして、目の前の萌香を撮影する。

萌香はカメラ目線でスマホを見ながら、ますます大きく腰を華麗に振る。

「ぁああ、気持ちいい……オマ×コ、気持ちいい……ぁあああ、見て。エッチな萌香を見て……」

潤みの増した目を浩之に向けて、腰を前後に揺すりあげ、

「ぁああ、ぁあああ、気持ちいい……」

顔をのけぞらせて喘《あえ》ぐ。

浩之はスマホで萌香の顔をとらえる。

苦しそうに眉を八の字に折っている。もうスマホを見ていられなくなって、陶《とう》然《ぜん》とした顔をのけぞらせている。

浩之は徐々に狙いをおろしていく。

たわわな乳房の中心より上にある濃いピンクの乳首は、今は完全に突き出して

いる。

さらに、アングルを変えると、大きく開かれた太腿の中心部に、漆黒《しっこく》の翳りが密生しており、複雑な肉襞《にくひだ》を押し退けるように、肉柱が出入りしているのが、アップで映っている。

肉びらはそれとわかるほどにぬめ光り、結合部分にも透明な蜜があふれだしていた。

萌香が腰を揺らすたびに、蜜まみれの肉柱が、深く入ったり出てきたりするのが、はっきりとわかる。

こんな即物的なクローズアップを見たら、女性はどんな心境になるだろうか。普通に考えたら、いやがるだろう。だが、萌香の反応はわからない。「イヤーン」とか言いながらも、興味津々《きょうみしんしん》の目を向けるかもしれない。

ふたたび被写体の全身をとらえると、萌香が上体を起こした。

それから、お相撲さんの蹲踞《そんきょ》の姿勢をとり、腰を上下に振りはじめた。両手を後ろに置いて、スクワットをしながら、

「あんっ……！　あんっ……！」

と、甲高《かんだか》く喘ぐ。

ここはトレーラーハウスで隣とは離れているから、どんなに大きな声をあげようとも、気にする必要はない。

萌香がスクワットをするたびに、たわわな乳房がぶるん、ぶるるんと縦揺れして、肉柱が太腿の奥に入り込む。

「撮れてる？」

「ああ、撮れてるよ」

「あんっ、あんっ……ぁあああ、イキそう。わたし、もうイッちゃう……恥ずかしいわ。恥ずかしい」

「やめようか？」

「ううん、撮って……萌香がイクところを撮って。あんっ、あんっ、あんっ」

スクワットがつらくなったのか、萌香は両手を胸板に突いて、腰を上げ下げする。

そのシーンを動画で撮影しつづけると、萌香の様子が逼迫《ひっぱく》してきた。

「ぁああ、イッちゃう。ほんとうにイッちゃう！」

「いいんだよ。いいんだよ」

浩之はそう言いながら、動画を撮りつづけている。

「あんっ、あんっ、あんっ……イク、イク、イッちゃう……いやぁあああ！」

嬌声《きょうせい》を張りあげながら、萌香はのけぞり、がくん、がくんと躍りあがって、力なく前に突っ伏してきた。

5

浩之はスマホを置いて、ぐったりした萌香をベッドに仰向けに寝かせる。

「撮影はやめよう。純粋に、萌香ちゃんとしたい。いいか？」

思いを伝えると、萌香はこくんとうなずいた。

随分と素直になっている。女性は一度気を遣《や》ると、本能に従順になる。浩之はそうなった女性が好きだ。

作務衣の上着を脱いで、裸になった。

大した体ではないが、いつも重い機材や三脚を持って、撮影の激務をこなしているせいか、周囲の者からは、細マッチョだと言われる。

師匠の小宮山秋芳は腹が出ていたが、あれは撮影準備をほとんどアシスタントにやらせていたからだ。太ったフォトグラファーはみっともない。

浩之はそっと覆《おお》いかぶさっていき、唇にキスをする。

ついばむようなキスをして、唇を合わせる。ぽっちりとした上と下の唇に交互に唇を重ねていると、萌香は自分から唇を合わせてきた。浩之を抱き寄せて、強く唇を押しつけてくる。

息づかいが荒くなり、どちらからともなく舌を差し込んで、からませる。

萌香は口腔《こうこう》に残っている舌を甘噛みして、くすっと笑う。それから、舌を強くからませながら、浩之を抱き寄せる。

浩之は舌を預けて、右手で乳房をとらえた。柔らかくて量感あふれる乳肉を静かにつかむと、たわわな肉がしなって、

「んっ……！」

キスをしたまま、萌香がびくっとする。

浩之は唇へのキスをやめて、顔をおろしていく。

豊かな胸のふくらみは揉むほどに形を変えて、指に吸いついてくる。そこだけ硬い突起に指が触れると、

「あんっ……！」

萌香は敏感に反応して、顔をのけぞらせた。

まだ二十三歳と若いのに、とても感受性が鋭い。やはり、半年前に彼氏と別れ

たせいで、身体が求めているのかもしれない。そうでなければ、浩之のような半人前のカメラマンに抱かれることはないだろう。

浩之は顔を寄せて、乳首を舐めた。

下から上へと、ゆっくりと舌を這《は》わせると、

「ぁあんん……！」

萌香は身体をのけぞらせて、鼻にかかった甘い喘ぎをこぼす。

いっそうせりだしてきた乳首に舌をからませ、上下左右に動かした。すると、萌香はますます身悶《みもだ》えをして、悩ましく喘ぐ。

唾液で光ってきた乳首を丹念に舐め転がしながら、もう片方の乳房を揉みしだくと、

「んんっ……んんんんっ……ぁあああ、もう、したい」

萌香が自分から下腹部をせりあげてきた。

キスをおろしていき、脇腹を舐め、さらに、腰から太腿の側面にも舌を這わせる。

浩之にとって、女体は被写体であり、神様が造った芸術品だった。

片方の太腿を立たせて、円柱のような丸みを持った太腿のいたるところにキス

をする。そのキスを内腿にまわり込ませて、中心へと舐めあげていく。

「ぁあああ……あんっ」

舌が翳りの底に届くと、萌香はびくんと撥《は》ねた。

磯《いそ》の香りがする雌芯《めしん》はふっくらとした肉びらがわずかにひろがって、内部の赤い粘膜がのぞいていた。土手高で陰唇《いんしん》も豊かだ。メラニン色素が薄いのか、色もピンクが基調になっている。しかも、全体に透明な蜜が付着して、ぬらぬらと光っている。

浩之は濡れ溝をゆっくりと舐めあげていき、すくいとった蜜を、上方の肉芽《にくが》へ塗りつけた。フードをかぶった小さなクリトリスをちろちろと舌先でくすぐってやると、それは見る間に大きくなり、下から舐めるたびに、

「あっ……あんっ……ぁあんん……！」

萌香はこらえきれないといった声をこぼして、身をよじる。

フードを指で脱がせて、こぼれでた肉真珠《にくしんじゅ》に舌を泳がせる。上下左右に転がし、かるくチューーッと吸うと、

「はぁあんんん……！」

萌香は後ろ手に枕をつかみ、ブリッジするように腰を浮かせた。

吐きだして、また吸う。それから、舌で突起を舐めまわす。

萌香は腰をせりあげたり、左右にくねらせたりしていたが、

「ぁああ、もう我慢できない。して……浩之、して……浩之のおチンチンが欲しい」

情欲をたたえた目で訴えてくる。

浩之は両手で膝の裏をつかんで、すくいあげた。

あらわになった肉貝の合わせ目に、静かに亀頭部を押しつける。合わせ目の下のほうで窪《くぼ》んだ濡れ地が息づいている。

屹立《きつりつ》を押し込んで、両手で膝裏をつかみ、押し広げる。

その姿勢で奥まで押し込むと、

「ぁあああぁぁ……！」

萌香は声を震わせて、両手でシーツをつかんだ。

かわいらしい顔が、男の猛々《たけだけ》しいシンボルを受け入れて、悲愴感《ひそうかん》さえただよわせている。こういうところを見ると、萌香がまだ若く経験の浅い娘であるという実感が湧く。

浩之は両手で膝を開かせておいて、ゆっくりと打ち込んでいく。

強いストロークはせずに、じっくりといたわるように、屹立をめり込ませていく。

今にも泣きだしそうだった萌香が、徐々に陶酔《とうすい》した表情になり、

「ぁああ、ああああぁ……」

気持ち良さそうな声をあげている。

浩之は様子をうかがいながら、少しずつ打ち込みを強く、深くしていく。

「あんっ……あんっ……ぁあうぅぅ」

萌香は乳房をぶるん、ぶるるんと縦揺れさせながらも、また顔をしかめている。

やはり、強烈なストロークはまだ受け止めきれないのだろう。

浩之は膝を放して、覆いかぶさっていく。

唇にキスをして、動きを止めた。すると、萌香は自分からしがみついてきて、舌を差し込んでくる。

浩之は唇を合わせながら、ゆったりと腰をつかった。すると、これがいいのか、萌香は両足を腰にからめて、引き寄せながら、舌をからめてくる。

浩之も舌を合わせながら、屹立をえぐり込んでいく。

唇へのキスをやめて、乳房をつかんだ。柔らかくて量感あふれるふくらみを揉みしだき、赤く尖《とが》っている乳首にしゃぶりついた。

硬くしこっている突起にキスをして、舌を上下左右に走らせる。すると、萌香は、

「ぁあぁあ、気持ちいいの……気持ちいい……はぅぅぅ」

後ろ手に枕をつかみ、もっととばかりに下腹部をせりあげてくる。

浩之は挿入《そうにゅう》したまま、背中を曲げて、乳首を舐め転がした。さらに、カチンカチンになった乳首を指で捏ねる。そうしながら、屹立を打ち込んでいく。

「あんっ……あんっ……！」

萌香はそのたびに、甲高い喘ぎを放ち、たわわな乳房を波打たせる。

さらさらの髪が乱れ、額《ひたい》が出ている。そうなると、いっそう愛らしく見える。

「ぁあぁ、イクかもしれない。もう、イッちゃうよ」

萌香がぱっちりとした目で、浩之を見る。

「いいんだよ。イッていいんだよ」

「浩之も出して。一緒にイキたい」

「いいのか？」

「大丈夫。安全な日だから。わたし、浩之と一緒にイキたい」

萌香が大きな目で訴えてくる。その目は潤みきっていて、その焦点を失ったような瞳がセクシーだった。

片方の足を伸ばさせて、膝裏を手でつかみ、右手で乳房を揉みながら、上から打ちおろしていく。

ぎりぎりまで勃起した肉茎がよく締まる粘膜にからみつかれて、浩之も急速に高まった。

体重を乗せた一撃をつづけざまに叩き込み、途中からしゃくりあげる。乳房を揉みながら、ストロークをつづけていくと、

「あんっ……あんっ……ぁああ、イクよ。浩之、イクよ」

萌香がさしせまった声で言う。

「いいぞ。俺もイク。出すぞ」

「ぁああ、来て、来て……あんっ、あんっ、ぁあああ、イク、イク、イッちゃう……はうぅぅ！」

萌香がのけぞりながら躍りあがって、止《とど》めとばかりにもう一度押し込んだとき、浩之も目眩《めくるめ》くような感覚のなかで、熱い男液を放っていた。

射精後、浩之が「賢者の時間」ともいわれる無我の境地にひたっていると、萌香がスマホをつかみ、今撮ったばかりの写真をスクロールしながら、言った。

「やっぱり、プロは違うね。同じスマホを使っても、わたしが撮ったものとは全然違う。何枚か載せてもいいんだよね」

「いいよ」

「まずは、これと、これかな……」

萌香はSNSにあげる写真を選んでいる。突然、

「いやん、これ……恥ずかしすぎるぅ」

と、萌香が上になって腰を振っている動画を、浩之に見せた。

「これはマズいぞ」

「わかってる……知らなかった。わたし、こんな声あげているんだ。イヤーン、これ、ハマっているところがモロだわ」

萌香が頬を赤くした。

「やっぱり、恥ずかしいんだ」

「そりゃあ、恥ずかしいよ……ねえ、先生、来年も来てね」

「ああ、多分……」

「多分じゃ、ダメ。絶対に来て……今度は先生の一眼レフカメラでハメ撮りをしてほしい」

「どうしようかな……」

「絶対に来て。来なかったら、このハメ撮りビデオ、両親に見せちゃうからね。先生に撮ってもらったって」

「……わかった。来るよ」

笑いながら言うと、萌香は安心したように胸板に顔を乗せてきた。

# 第二章　若女将の恥じらい

## 1

翌朝、角館を車で出発した井上浩之は、桜前線を追って北に向かい、二時間半ほどかけて秋田県の北東端部にある鹿角市《かづのし》に到着した。

丘陵にある桜山《さくらやま》公園で満開の桜を撮影する。

桜前線にしたがって自分も北上すれば、常に満開の桜と出合うことができる。浩之の北進は、あくまでも撮影のためだが、撮影など考えずに、ただひたすら満開の桜を追って旅ができたら、最高の贅沢《ぜいたく》といえるだろう。

物心ついたときから、桜に惹《ひ》かれていた。

中学生の頃、絢爛《けんらん》と咲き誇る桜を下から見あげて目眩《めまい》に襲われた。おそらくそれは、こんなきれいなものが世の中にあっていいのかという、賛嘆《さんたん》と非現実感によって引き起こされたのだと思う。

毎年、春が来ると、桜が咲き誇る瞬間を見るのが愉《たの》しみであり、同時に怖いものの見たさのような感覚もあった。

〈世の中に　たえて桜の　なかりせば　春の心は　のどけからまし〉

在原業平《ありわらのなりひら》の歌だが、浩之にはこれを詠《よ》んだ業平の気持ちが、よくわかった。桜などなければ、静かな気持ちでいられるのに、毎年、桜花爛漫《おうからんまん》を期待してしまう。また、見たら見たで目眩がする。自分がどこか異世界に連れ去られてしまうような気がする。

浩之が撮りたい桜の写真とは、おそらく、それを見る者を異世界へと誘うものだろう。では、どうしたらいいのか……それを試行錯誤している。

桜山公園の二百本の桜は、戊辰《ぼしん》戦争の犠牲者を祭《まつ》るための桜山神社の象徴として、植えられたのだという。

『桜の樹の下には屍体《したい》が眠っている！』と書いたのは、梶井基次郎《かじいもとじろう》だった。

屍体と満開の桜——何と素晴らしい組み合わせだろう。

公園の桜を、浩之は厳《おごそ》かな気持ちで撮る。

満開のソメイヨシノの花の密集したボリューム感を出すために、望遠レンズを使って、遠くから撮影した。

その後、神社につづく参道の桜の回廊《かいろう》を、戦死者への鎮魂《ちんこん》の思いを込めて、撮らせていただく。

桜山の斜面にあるこの公園は、俯瞰《ふかん》して鹿角の町を見おろすことができる。

最後に、上から市街地の光景を撮って、撮影を切りあげた。

今日は、鹿角市の北にある温泉旅館S荘に泊まる予定なのだが、そこの若女将《わかおかみ》をモデルにして、ポートレートを撮ることが決まっていた。

S荘にはここ二年お世話になった。今年、予約を入れた際に、桜をバックにした若女将の撮影を依頼されたのだ。宣材《せんざい》に使いたいのだという。

浩之は無料でそれを引き受けた。

定宿であるし、着物の似合う和風美人である若女将は、モデル代を出しても撮りたい被写体だった。

宣伝に使う際に、「井上浩之」の名前を入れてもらえれば、それだけで、数多《あまた》の人々に自分を知ってもらえる。

約束の時間に到着するには、そろそろここを出発しなくてはいけない。

もっと撮りたい気持ちを抑え、機材を載せて、車を出した。

温泉旅館S荘は、鹿角の町を通り、北上したところにある。

駐車場に車を停めて、重い機材を肩にかけ、キャリーバッグを転がしながら、日本庭園を玄関まで歩く。この旅館には広々とした庭園があり、様々な植物が植えられていて、春夏秋冬を愉《たの》しむことができる。もちろん、桜も咲いている。

玄関から入って、フロントでチェックインしていると、奥から着物姿の女性が微笑《ほほえ》みながら近づいてきた。

若女将の山本紀美子《やまもときみこ》だ。三十六歳だが、相変わらず楚々《そそ》として美しい。裾《すそ》に流水模様が描かれた着物を着て、金糸《きんし》の入った帯を締めている。髪は結《ゆ》いあげて、簪《かんざし》が挿《さ》さっていた。この格好で、写真を撮ってほしいのだろう。

「井上先生、お待ちしておりました。遠いところ、申し訳ありません。今日は撮影までお願いしてしまって」

おもてなしの精神がそうさせるのか、紀美子が申し訳なさそうな顔をして、浩之を迎える。いかにも、やさしげで寛容《かんよう》な風情《ふぜい》が、目鼻立ちのくっきりした顔を包んでいる。

寸分《すんぶん》の隙《すき》もない立ち居振る舞いだが、乱れるときは大いに乱れるのではないかと思わせる、危うい雰囲気もある。それが男に人気がある若女将の魅力のひとつなのだろう。

紀美子は三年前に夫を亡くし、今は独身で子供もいない。

「いったん部屋に入ってから、準備をして、すぐに撮りたいんですが、それでいいですか？」

「はい……準備はできています。この着物でよろしいですか？」

「もちろん。その流水模様は桜の前で映《は》えますよ」

「ありがとうございます。では、まずはお部屋にご案内いたします」

紀美子がちらりと、横に立つ壮年の男を見た。旅館の袢纏《はんてん》をはおった男が近づいてきて、浩之のキャリーバッグを持つ。

橋田郁夫《はしだいくお》――この旅館の番頭である。

S荘には、六十八歳になる女将がいて、その息子の孝志《たかし》と紀美子は結婚をした。だが、夫は三年前に若くして癌で亡くなり、現在は女将と若女将、そして、四十八歳になる番頭の橋田で旅館を切り盛りしている。

旅館の番頭というと、小柄で初老の男をイメージしてしまうが、橋田は背が高くがっちりとしている。客に威圧感を与えないようにするためなのか、大柄な体《たい》躯《く》を猫背にして丸め、対応も丁寧《ていねい》だ。

三階にある二間つづきの和室に案内された。広縁《ひろえん》がついていて、眺望がよく、庭もきれいだ。おそらく、もっとも景色のいい部屋を取っておいてくれたのだろう。

橋田が去り、紀美子が部屋の使い方を丁寧に説明してくれる。本来、仲居の仕事だが、撮影を依頼している浩之は特別扱いということか。

若女将にわざわざ部屋の案内をしてもらうことで、いい写真を撮らなければという気持ちになる。いずれにしろ、被写体の人物とは、ある程度親しくなり距離を詰めておくことが大切だ。

小さな金庫の使用法を、少し前屈みになって実践しながら教えてくれる。紀美子の背中には、お太鼓《たいこ》に結ばれた帯がきっちりと締められ、こちらに向けた着物に包まれた尻は、豊かで肉感的でさえある。結いあげられた髪からのぞく楚々とした襟足《えりあし》は、情欲をそそられる。

「運転でお疲れでしょう。まずは、お茶でも飲んでゆっくりしてください」

と言って、紀美子がお茶を淹《い》れてくれる。

お茶を啜《すす》っていると、座卓の正面に正座した紀美子が言った。

「うちのホームページにわたしの写真を載せたほうがいいと、女将がおっしゃって。あとは、観光協会が東北の若女将の特集をしたいので、わたしの写真を欲しいと……それで、こんな急に井上さまのお手を煩《わずら》わせることになりました。女将も、どうせならプロに撮っていただいたらと申しまして……」

「光栄です。精一杯、撮らせていただきます」

「……あの、料金は要《い》らないとうかがいましたが、せめて、宿代だけでも無料にさせていただけないでしょうか？」

「いえ、それはきちんと払わさせてください。桜前線の北上を撮影する旅の途中ですから、問題ありません」

「でも、それでは……」

「ほんとうに要りません。では、早速撮影を開始しましょう。準備をしておりていきますから、待っていてください。では……」

きっぱりと言うと、紀美子は申し訳なさそうな顔をしながらも、

「よろしくお願いします」

頭をさげて、部屋を出ていった。

首にかけたストラップでカメラを吊《つ》り下げ、撮影機材を持って階下に行くと、

紀美子が待っていた。女将の伊登子《いとこ》もいて、にこやかな笑みを向けてくる。

やはり女将は、着物の着こなしひとつ取っても、馴染《なじ》んだ感じがある。紀美子よりは太っていて、背も低いが、長年旅館を守ってきた貫禄《かんろく》がある。

「ありがとうございます。こんな不躾《ぶしつけ》な願いを聞いていただいて……」

伊登子は深々とお辞儀をして、顔をあげて言った。

「では早速、『みちのく桜』の前で、若女将を撮っていただきたいのですが、よろしいですか？」

「もちろん」

浩之はうなずいて、靴を履《は》く。どうやら、この撮影では女将が撮影ディレクターということらしい。女将の方針があったほうが、浩之としても撮りやすい。

この旅館の売り物の「みちのく桜」と呼ばれるしだれの一本桜があって、その前で、紀美子を撮る。

構図を決めて、

「紀美子さんは、食べ物はどんなものがお好きですか？」

リラックスさせるために声をかけた。

「そうですね。やはり、秋田ですから、キリタンポ鍋でしょうか」

「いいですね。では、キリタンポ鍋がぐつぐつ煮えているところをイメージして、にっこりしてください」

指示をすると、とても自然でいい笑顔になった。

その瞬間、シャッターを切る。

F値を開放して、後ろのボケ感を出す。ポートレートの撮り方だ。

アングルを変えて、斜めから光が差し込む形で撮ると、影ができて、深みが増す。

後ろのしだれ桜もきれいに入れるように、被写界深度を深くして、やや離れて撮影する。

しだれ桜と、流水の裾模様の着物がマッチして、いい写真になっている。

今度はアングルと距離を変え、背景の抜け感を意識して撮る。

バックに多少の空白部分がないと、窮屈な写真になってしまう。

「お義母《かあ》さまも一緒に撮りましょうよ」

「わたしなんか……」

紀美子が、女将を手招いた。

「いいですね。せっかくだから、女将さんと二人の写真も撮りましょう」

浩之が賛同すると、

「すみませんね。お仕事の邪魔をするようで……」

そう言いながら、女将も桜の下に立つ。

六十八歳でも女は女。いざ撮りはじめると、女将はいい表情をして、長年旅館を守ってきた人生の深さを感じさせる。また、はにかむような仕種《しぐさ》もなかなかいい。

その後、女将の提案もあって、庭の様々なところで、紀美子を撮った。旅館の玄関の前で二人を撮り、最後にフロントに立つ紀美子を撮影して、三時間ほどの撮影を終えた。

2

さすがに疲れた。撮影後、セレクトした写真を旅館のパソコンに送り、温泉につかった。

キリタンポ鍋の夕食を摂《と》って、部屋で寛《くつろ》いでいると、女将の伊登子から館内電話がかかってきた。

『撮影お疲れさまです。写真を拝見しました。素晴らしい出来で、さすがにプロの方は違うと感動いたしました。料金も要らないということで、せめてものわたくしどもからの気持ちです。今、貸切り風呂が空いていますので、お使いください。半露天で桜も見えます。もしよろしかったら、ぜひお入りになってください。どうなさいますか？』

浩之は少し考えてから、答えた。

「では、使わせていただきます。お風呂からの桜の写真を撮ってもよろしいですか？」

『もちろんです。では、鍵を開けておきますので』

「ありがとうございます」

浩之は電話を切って、お風呂道具の入った袋とタオル、そして、一眼レフカメラを持って、貸切り風呂に向かう。

温泉は好きだ。とくに独り占めできるときは、完全に身も心も癒《い》やされる。各地に温泉が湧《わ》いていなければ、旅をしていても潤《うるお》いがない。

火山は危険だが、温泉を生みだしてくれる。

日本は四季があるから、風景が移りかわって飽きない。温泉が湧いているから、旅をしても愉しい。

一階におりて、貸切り風呂に向かい、入口で札を引っくり返して「入浴中」に替え、ドアをすべらせて入っていく。

風呂は、旅館同様に古びた造りで、湯船には檜《ひのき》が使われていた。二つに分かれていて、こちら側は密閉されていたが、外側は露天風呂になっていて、岩風呂から湯けむりが立ちのぼっている。庭には満開を迎えた桜が一本植えられており、桜の花びらが風ではらはらと舞い落ちている。

浩之は浴衣《ゆかた》に袢纏の格好で、一眼レフカメラで湯けむり越しのソメイヨシノを撮影した。温泉が硫黄泉《いおうせん》などであれば機材を損なう可能性がある。だがここは、無色透明のアルカリ性単純泉だから、心配無用だ。

夜になると、まだ冷える。

撮影は早々に切りあげて、脱衣場で裸になり、かけ湯をして内風呂につかった。

露天風呂に接しているほうの窓が透明なガラスで、そちらを向いて湯船につかると、湯けむりと水滴のついたガラス越しに、桜が見える。

(温泉に入りながらのお花見は最高だな)

のんびりと湯につかっていると、脱衣所に人の気配がした。

（おかしいな。「入浴中」の札を出しておいたはずだが……）

仕切りのドアを開けると、女性がこちらに背中を向けて、浴衣を脱いでいた。

そろりと振り向き、顔を見てびっくりした。若女将の紀美子だ。

まだ脱ぎはじめたばかりだったが、なだらかな肩と仄白《ほのじろ》い背中が目に飛び込んでくる。

「ああ、すみません」

浩之はとっさに顔を引っ込める。

「驚かせてしまいましたね。すみません。女将に、井上さんの背中を流すように言われまして……。あんな素晴らしい写真を撮っていただいたのに、何のお礼もしないのは失礼だと」

「いえ、いいんです。撮影はいつもお世話になっている宿への感謝の気持ちですから」

「でも、しないとわたしは女将に叱られてしまいます。背中を流されるのは、おいやですか？」

「いえ、それはないです」

「でしたら……すぐにうかがいますので、お湯につかっていてください。冷えてしまいます」

そう言って、紀美子は浴衣を脱ぐ。

浩之がどう対処するべきか迷っているうちに、紀美子が風呂場に入ってきた。裸ではなくて、白い浴衣のような湯浴《ゆあ》み着《ぎ》をつけていて、それがある種の安心感を与えてくれる。

「あの……温まったら、出てください。お背中を流しますので」

紀美子が言って、膝《ひざ》を突き、カランのお湯を出して、洗い桶に溜めている。白い湯浴み着の裾が割れて、むっちりとした太腿《ふともも》がのぞき、ドキッとする。

いつも思うことだが、チラリズムこそが最上のエロチシズムである。

しかし、浩之は心に浮かんだ邪《よこしま》な思いを打ち消すことができなくなった。

「紀美子さん、寒いでしょう。よかったら、お湯につかりませんか？」

下心の一端《いったん》を口に出すと、紀美子がエッという顔をした。

「大丈夫ですよ。湯浴み着をつけたままで入れば……」

「でも、そうしたら……」

紀美子はお湯につかると、湯浴み着がお湯を吸って、肌が透《す》けだしてしまうと考えたのだろう。

「大丈夫です。俺は見ませんから」

「そうですか？」

「はい……約束します」

「わかりました。では、お言葉に甘えさせていただきますね」

紀美子はカランの前に片膝を突き、桶に汲《く》んだお湯を肩からかけた。さらに、お湯を太腿の奥にかけて洗う。

かけ湯をする姿に見とれた。

かぶったお湯を白い湯浴み着が吸い、一瞬にして乳房のふくらみと乳首の突起が透けだしてきた。

横から見る胸のふくらみの頂上に、色づいた乳首がそれとわかるほどに浮きあがっている。

結いあげられた黒髪からのぞく襟足と、やわやわした後《おく》れ毛が途轍《とてつ》もなく色っぽい。

かけ湯を終えて、紀美子は透けでている乳首を腕で隠すようにして、湯船に片足ずつ入ってくる。

離れたところに座って、肩にお湯をかける。浩之を見て言った。

「今日はありがとうございました。あんな素晴らしい写真を撮っていただいて。女将も大喜びでした」

「……いや、俺の腕ではなくて、モデルが良かったからですよ。満開の桜の下で紀美子さんを撮れてよかった。心からそう思っています」

「そんな、わたしなんか……」

紀美子は謙遜《けんそん》して、はにかんだ。それから、顔をあげて訊《き》いてきた。

「井上さんは桜の開花とともに、旅をして、桜を撮っていらっしゃるんですね」

「そうです。桜が好きなんです。もう何年も同じことをしています」

「よろしいですね。そういう信念を持っていらっしゃる方は、尊敬します」

「いや、俺なんかまだ半人前です」

「……でも、あんなに素晴らしい写真を撮られるんだから、ご自分に自信を持たれていいと思います……あの、そろそろお背中を……」

紀美子が立ちあがり、浩之もあとにつづく。

後ろから見ると、白い湯浴み着がお湯を吸って、張りつき、尻たぶの肌色の丸みと尻の谷間がくっきりと浮かびあがっている。

正面から見た瞬間、震えが走った。

白い湯浴み着が乳房に張りついて、乳房の丸みと色づいた蕾《つぼみ》が透けだしていた。ぽっちりと飛びだしている薄紅色の乳首を、紀美子は腕で隠して、浩之に檜の洗い椅子に座るように言う。

浩之はカランの前に腰をおろした。すでに分身は、はち切れんばかりに硬さを増してきている。

紀美子がボディタオルに石鹸を塗りつけて、泡立て、タオルを膝からかけているのは、勃起《ぼっき》を見られないためだ。

「失礼します」

と、背中を擦《こす》ってくれる。柔らかなボディタオルというせいもあるのか、あるいは、若女将に背中を流してもらっているという思いがあるからなのか、ひどく気持ちがいい。

この数日間の疲労があっという間に消えてなくなり、マッサージをされるときに似た快美がふくらんでくる。

正面にある鏡には、自分と紀美子の姿が映っていた。

白い布から、乳房のふくらみと二つの突起が浮かびあがっている。

透けだした乳房や乳首は、どうしてこれほどに男心をかきたてるのか――。

タオルが背筋に沿っておりていき、脇腹をなぞりあげられると、ぞくぞくっとした電流が体内を走り、それが股間に集まってイチモツがさらに力を漲《みなぎ》らせる。勃起しても上からタオルをかけてあるから、ばれないはずだ。

次の瞬間、石鹼で泡立つボディタオルが腋《わき》の下から、前にまわる。紀美子は喉元《のどもと》から胸板にかけて、丁寧に擦ってくれる。

「大丈夫ですか？」

紀美子が訊くので、「ええ」と答えたが、声は上擦《うわず》っている。

さっきから、湯浴み着越しの乳房が背中に当たっていた。布地を通しても、たわわなふくらみの圧倒的な弾力が伝わってくる。

分身がさらに硬くなって、股間を覆《おお》うタオルを突きあげる。

ボディタオルが下腹部におりてきて、タオルがずれた。浩之はとっさにタオルの位置を元に戻す。

その下に潜り込んだボディタオルが内腿をさすり、中心に近づいてきた。イチモツを巧みに迂回《うかい》して、反対側の内腿を擦ってくれる。

紀美子の手が勃起に触れて、ハッとしたように動きが止まった。

「すみません」

浩之は謝る。

「謝る必要はありません。自然現象ですから」

耳元でそう言って、紀美子は後ろから抱え込むようにして、エレクトした肉柱をタオルでなぞりあげた。

「あっ……」

思わず喘《あえ》いだ次の瞬間、紀美子がじかにイチモツに触れた。

「大丈夫ですよ。ここもきれいにしないといけません……おいやですか？」

「いえ、いやということは……」

タオルの下で、石鹼にまみれた五本の指が巧妙に動いて、亀頭冠《きとうかん》のくびれを丹念にさすってくる。

「こうしないと、女将に叱られますから。いやだったら、もういいとおっしゃってくださいね」

耳元で囁《ささや》いた紀美子のしなやかな指が、いきりたちを上下に擦りはじめた。

女将は背中を流すように指示をしただけで、まさか、手コキまでしなさいとは言わないだろう。ということは、若女将が自発的にやっているのか——。

紀美子は夫を亡くして三年が経つ。その間、まったく男を断っていたのか。旅館の看板若女将だから、下手な男を相手にすることはできないだろう。

三十六歳といえば、女の成熟期だ。熟《う》れた肉体を持て余しているのかもしれない。そうでなければ、これだけ大胆なことはしないはずだ。

その間にも、紀美子は石鹸を使って、屹立《きつりつ》を握りしごく。

もよおしてはいけない甘い陶酔感《とうすいかん》がうねりあがってくる。浩之が身を任せていると、紀美子の指が遠ざかっていき、シャワーで石鹸を洗い流してくれる。

「こちらを向いてください」

言われるままに、鏡に背を向けて、洗い椅子に座る。

太腿にかかったタオルを、勃起したイチモツが突きあげていた。

ちらりとそこに目をやった紀美子は、すぐに視線をそらして、石鹸を泡立てたボディタオルで、首すじから胸板を擦ってくれる。

それから、片足ずつ持ちあげて自分の膝に乗せ、足指や踵《かかと》、ふくら脛《はぎ》から向こう脛《ずね》まで丹念に洗ってくれる。

うつむいた紀美子の身体は、濡れた白い生地《きじ》が肌に張りつき、乳房のふくらみや乳首の変色した突起がはっきりとわかる。下腹部からは、黒々とした繊毛《せんもう》が透けだしていた。

ソープのついたボディタオルが、タオルの下にすべり込んできて、内腿をさすってくる。紀美子の指が勃起に触れた途端に、それがびくっと躍りあがった。

すると——紀美子はボディタオルを置いて、じかに肉棹《にくざお》を握ってきた。長くしなやかな指をまわして、石鹸ですべりやすくなった肉の塔をゆっくりと上下にしごく。

ちゅるちゅると男のものを握りしごきながら、紀美子はうつむいている。

息づかいが、心なしかせわしなくなっている。

左右に垂れ落ちている鬢《びん》のほつれと、襟足の後れ毛が色っぽい。

「あの……」

言うと、紀美子がおずおずと上気した顔をあげる。

浩之は顔を寄せて、キスをする。紀美子の唇を奪いながら、ぎゅうと抱き寄せた。

紀美子は拒《こば》むことなく、身を任せてくる。

キスを終えて、浩之はシャワーで自分の体に付着したソープを洗い流し、

「冷えてしまって、寒いでしょう」

温かいシャワーを紀美子の肩からかける。

洗い椅子に座ったまま、シャワーヘッドを置くと、紀美子が言った。

「あの、お口でしてもよろしいですか？」

「えっ、ああ……でも、紀美子さんはいいんですか？　俺はもうおつりがくるほどにいい思いをさせていただいていますが……」

「いえ、まだまだ足りていません。よろしいですか？」

「はい……もちろん。でも、どうせなら花見をしながらしましょう」

「と、言いますと？」

「外の風呂です」

3

浩之は扉を開けて、露天風呂に出た。すぐあとから、紀美子もついてくる。

「まずは温まりましょう」

二人で岩風呂につかった。

庭には満開のソメイヨシノが咲き誇り、その情緒あふれる姿を見ながら、温泉につかるのは最高の気分だった。

「いいですね。温泉につかりながら、お花見ができるんですから……」

「ええ……うちの宿で、ここが最高かもしれません」

紀美子は、目を細めて、桜の花が舞い散る様子を眺めている。白い湯けむりが立ちのぼるお湯の表面には、何枚もの桜の花が浮かんでいる。

「もう充分に温まりました。そろそろ……」

紀美子が言う。

「じゃあ、腰かけますから、紀美子さんはお湯につかったままで……俺だけお花見ができて、申し訳ないですが」

「いいんですよ。井上さんに悦《よろこ》んでいただければ……」

浩之は湯船の縁《へり》の平らな岩に座って、足を開いた。

その前で、紀美子がしゃがむ。

白い湯浴み着が肩や背中に張りついて、肩甲骨《けんこうこつ》の位置がはっきりとわかる。乳房の形や乳首の突起も透けでている。

そして、もちろん浩之の持ちものは猛々《たけだけ》しくそそりたっている。

紀美子が股間に顔を寄せてきた。

濡れた陰毛から突き出している肉の柱をそっと握り、角度を調節しながら、亀頭部にチュッ、チュッとキスを浴びせる。

「あの……」

紀美子が見あげてきた。

「わたし、きっと上手くないですよ。それでもよろしいですか、随分としていないので……」

「ご主人を亡くしてから、ということですか？」

「はい……」

「そうですか。寂しかったでしょうね」

「ええ……でも、旅館の仕事をこなすことで、忘れようとしてきました。ようやく一段落して……」

紀美子がほっとしたように言う。

人気若女将である紀美子は当然、色恋沙汰には気を使わなければいけない。浩之は一年に一回しか来ない旅人だから、ひさしぶりに情を交わす相手としてはちょうどいいのだろう。後腐《あとくさ》れがない。

「安心してください。俺はこのことを口外しません。明日にはここを発《た》つ身ですから」

言うと、紀美子は安堵《あんど》したように屹立を握りしごき、ふたたびキスをする。

茜色《あかねいろ》にてかつく亀頭部にかるくキスを浴びせ、カリの出っ張りを舌でなぞってくる。

自分では上手くないと言っていたが、おそらくそれは謙遜だ。

紀美子は裏筋に沿って、ツーッと舐《な》めおろしていき、根元から舌でなぞりあげてくる。上へとすべらせながら、ちらりと浩之を見あげてきた。

視線が合うと、恥《は》ずかしそうにうつむいて、亀頭部にキスをする。顔を傾けて、側面をハーモニカでも吹くように唇でなぞる。

そして、もう待ちきれなくなったのか、上から頬張《ほおば》ってきた。

根元を握りながら、余っている部分に唇をかぶせて、なかで舌を動かす。よく動く舌が裏のほうを擦ってきて、肉の塔が蛇《へび》にからみつかれているようだ。

紀美子は指を離して、全体を頬張ってくる。

唇を少しずつすべらせて、根元まで咥《くわ》え、もっとできるとばかりにさらに奥まで招き入れようとする。

切っ先が喉《のど》を突いたのか、ぐふっ、ぐふっと噎《む》せた。

それでも、厭《いと》うことなく根元まで頬張ってくる。

濡れた陰毛に唇が接している。

（ここまでしてくれるのか……）

紀美子を賛美の目で見た。

つらそうに眉根《まゆね》を寄せながらも、懸命に奥まで頬張ってくれる。

そこから、ゆっくりと唇を引きあげていき、亀頭冠まですべらせて、今度は根元まで呑《の》み込んでいく。

(気持ち良すぎる……)

浩之はうっとりと目を細めて、前を見た。

庭には一本の桜が大きく枝をひろげ、限りなく白に近い薄紅色の花の群れが下からのライトで浮びあがっている。

夜になって風が強くなったのか、花吹雪のように花びらが舞い散って、空中に漂《ただよ》っている。

視線を下に向ければ、若女将が情熱的に唇を往復させて、浩之のイチモツを頬張ってくれている。

紀美子はいつの間にか右手で根元を握り、ゆっくりとしごきながら、顔を打ち振った。

そのたびに、甘い陶酔感がひろがってきて、うっとりしてしまう。

目眩《めまい》に近い恍惚《こうこつ》のなかで、浩之は満開の桜を見た。

これ以上の悦びが、あるとは思えない——。

紀美子の指と口に力が込められる。

茎胴を強く握ってしごかれ、それと同じリズムで亀頭冠を中心に唇を往復されると、こらえきれそうにもない快感がひろがってきて、

「ダメだ。それ以上されると、出してしまう」

窮状を訴えた。

紀美子がちゅるっと吐きだし、唾液まみれの肉棹を握って言った。

「井上さん、これが欲しい……」

見あげる目には、あからさまな女の情欲が浮かんでいる。

「いいんですか？」

紀美子が真剣な表情でうなずいた。

「ほんとうにいいんですね？」

「ええ……」

「では、あそこに両手を突いて、腰を後ろに突き出してください」

紀美子は桜を正面に見る形で、両手を平たい岩に突き、おずおずと尻をせりだしてきた。

浩之はお湯を含んだ湯浴み着の裾を開きながら、持ちあげて、まくりあげる。

温泉で温められたのか、ピンクがかった肉感的な尻がこぼれでてきて、

「あっ……！」

紀美子がとっさに裾を戻そうとする。浩之はその手をどかして、尻たぶの底にしゃぶりついた。

ぷっくりとした肉割れを舌で押し広げるように舐めあげると、

「ぁあうぅぅ……！」

紀美子が喘ぎ声を洩《も》らし、いけないとばかりに右手で口をふさいだ。

「はしたない声をあげてしまって……ほんとうにひさしぶりなんです」

紀美子が弁解がましく言う。

「声を出してくれたほうが、男はうれしいですよ」

浩之は後ろにしゃがんで、合わせ目に舌を走らせる。見る間に、肉びらが割れて、鮮紅色にぬめる粘膜が姿を現した。

ここが、紀美子を女にさせているところだ。

モズクのような陰毛から、淫蜜がしたたっているのを見ながら、浩之は丹念に花芯に舌を走らせる。お湯とは違うお汁があふれでて、それを舐めとるように舌

を這わせると、

「あうぅぅ……くっ……ぁああ、もう我慢できない」

紀美子が尻をくなり、くなりと揺する。

そのもどかしそうな腰振りが、浩之をオスにさせた。

立ちあがって、いきりたつもので花園をさぐった。尻の谷間に沿っておろしていき、そぼ濡れている窪地《くぼち》に押し当てて、慎重に腰を入れる。

細い腰を引き寄せながら、押し進めていくと、分身がとても狭い入口を突破していく確かな感触があって、

「はうぅぅ……！」

紀美子が背中を弓なりに反《そ》らせた。

なかは熱く滾《たぎ》っていた。しかも、どろどろに蕩《とろ》けている。

浩之は動きを止めて、もたらされる快感を受け止める。

まだ挿入《そうにゅう》したばかりなのに、熱い粘膜がうねうねとざわめきながら、からみついてくる。そして、侵入者を歓迎するかのように、内へ内へと手繰《たぐ》り寄せようとする。

しばらくじっとしていると、お湯をしたたらせた尻がもどかしそうに揺れて、

「すみません。もっと……あの、突いていただけないでしょうか？」

紀美子が丁寧な言いまわしでせがんできた。

浩之は白い湯浴み着をさらにまくりあげて、じかにウエストをつかみ、引き寄せながら、ゆっくりと抽送《ちゆうそう》する。

下を向くと、自分の肉棹が量感あふれる尻たぶの底に出入りしているのが、湯けむりに霞《かす》んで見える。そして、紀美子は洩れそうになる声を押し殺して、

「んっ……んっ……んっ……！」

と、低く喘ぐ。

浩之は打ち込みながら、言った。

「目の前に桜が咲いていますよ」

紀美子はうつむいていた顔をあげ、ライトアップされて幻想的に浮かびあがった満開のソメイヨシノを見て、言った。

「きれい……まるで夢のようだわ」

「きれいすぎる。とても現実とは思えない」

「そうね……きれいすぎる……あんっ……あんっ……ゴメンなさい。見ていられない」

体内にひろがる快感で目を開けていられなくなったのだろう。紀美子はうつむいて、

「あんっ……あんっ……はうぅぅぅ」

洩れ出てしまった喘ぎ声を必死に噛《か》み殺す。

浩之は前に屈み、手をまわしこんで、乳房をとらえた。襟元《えりもと》からすべりこませて、じかに乳房を揉《も》みしだく。さらに、そこだけ硬くなっている乳首を指で捏《こ》ねると、

「あぁうぅ……いけません。そこ、弱いんです」

切なげな吐息《といき》をこぼし、

「ぁああうぅぅ……」

抑えきれない声を洩らした。

湯浴み着のなかの乳房はたわわで、柔らかく、揉むほどに形を変えながら、指に吸いついてくる。

乳首をもてあそびながら、ストロークを止めると、紀美子の腰が焦《じ》れったそうにくねり、やがて、自分から腰を前後に振って、

「ぁああ、いじめないで……してください。突いて、奥まで……」

身体に充満している渇望をぶつけるように、みずから腰を前後に振って、尻を打ちつけてくる。

それに応じて、浩之も腰を押し出す。

ますますしこってきた乳首を指でいじりながら、屹立を抜き差しする。それをつづけていくうちに、紀美子の様子がさしせまってきた。

「あっ、あんっ……あんっ……ぁあああ、イッてしまう。恥ずかしい……わたし、もうイキます」

紀美子が、がくがくと震えはじめた。

膝が折れそうになって、それを必死にこらえている。

浩之が片方の腕をつかみ、後ろに引っ張って、徐々に打ち込みを強くしていくと、紀美子は上体を斜めまで持ちあげて、

「んっ……んっ……ぁあああ、ゴメンなさい。わたし、もうイク……イク、イク、イッちゃう……はんっ！」

最後に生臭く喘いで、がくん、がくんと躍りあがった。

ぐったりとしてお湯につかっている紀美子の背後に満開の桜が見えている。

猛烈に撮りたくなった。

「ちょっと待っていてください」

浩之は脱衣所に行き、一眼レフカメラを持って、戻ってきた。

「申し訳ないんですが、桜をバックに、紀美子さんのその姿を撮らせていただけませんか？　宣伝用ではなく個人的なものです」

「でも、透けているから……」

「もちろん、流出はさせません。だけど、撮りたい。撮らせてください」

「……絶対に外部には出さないでくださいね。約束をしてくださるなら……」

「約束します。俺を信用してください」

「わかりました。そういうことなら……」

まずは、湯けむりのあがる水面に、肩を出して座っている紀美子だけに焦点を合わせて、撮った。その後、被写界深度を深くして、背景のソメイヨシノもはっきりと入れて撮る。

「いいですよ。では、そこの平らな石に腰かけてください」

「……こうですか？」

紀美子が湯船の縁の石に腰かけた。乳首が透けるのが恥ずかしいようで、両手をクロスして隠している。だが、お湯を吸った白い湯浴み着が下半身にも張りついて、下腹部の黒い翳《かげ》りが透けだしている。

足を斜めに流して恥ずかしそうに乳房を隠す紀美子は、途轍《とてつ》もなく色っぽい。シャッター音がつづけざまに響き、それに後押しされるように、紀美子の表情が艶《あで》やかになり、輝いてくる。やはり女性は、最初は戸惑っていても、撮られるほどにいい表情をするようになる。

女性は毎日鏡を見て、化粧をする。男と較べて、被写体になることに馴《な》れているのだ。そして、シャッター音がますます女性を大胆にさせる。

「いいですよ。すごくいい写真が撮れてる。その手をもう少しさげてもらえませんか。そうです。そのまま両手を下腹部に突いて、隠しながら……そう、それです。撮りますよ」

連続してシャッターを切る。

白い生地から乳房のふくらみと左右のポツンとした乳首が透けだし、加えて背景の満開の桜が、いっそうエロチックに見せている。

「いいですよ。すごくいい写真が撮れてる。できたら、湯浴み着をもろ肌脱ぎにしていただけませんか？　手ブラで隠してもかまいません」

誘うと、紀美子はさすがにためらったが、昇りつめた直後で理性が麻痺《まひ》しているらしく、片袖ずつ腕から抜いて、もろ肌脱ぎになった。

たわわで形のいい乳房があらわになり、紀美子は恥ずかしそうに両手で隠して、ちらりと見あげてくる。

その羞恥《しゅうち》と媚《こ》びの混ざった顔がたまらなかった。

「ああ、いい表情だ。撮りますよ」

連続してシャッターを切った。すると、シャッター音が響くたびに、紀美子は陶酔した顔をして、悩ましげに眉根を寄せる。

「いいですよ。そのまま、腕をおろしてください。大丈夫、データは俺がきちんと管理します。紀美子さんが望まないのなら、すぐにこの場で消去します。ですから、お願いします」

懇願すると、紀美子はおずおずと手を胸からおろしていく。徐々にふくらみがのぞき、赤い乳首が見えた。乳首は完全に勃起して、頭を擡《もた》げている。

色白の裸身はお湯で濡れて、コーティングされたように光っている。悩ましいS字カーブを描く女体の向こうに、桜花爛漫のソメイヨシノが花びらを散らしている。

「いろいろなポーズをとってください。手の位置を変えたり、身体をねじったりして……」

紀美子はぎこちなくポーズをとる。全身に漲る羞恥が写真に色っぽさを増していた。

存分に撮り終えて、身体の冷えた紀美子にお湯につかってもらう。

すると、紀美子はヌード撮影で昂《たかぶ》っているのか、浩之のイチモツを握って、しごきだした。

「そろそろ貸切り時間が過ぎます。このつづきは、俺の部屋でしませんか？」

紀美子はためらいがちに、こっくりとうなずいた。

4

部屋を温かくして待っていると、いったん部屋に戻った紀美子がやってきた。

ストライプの浴衣を着て、袢纏をはおっている。

和室に敷かれた一組の布団をちらりと見て、部屋に入ってくる。

「紀美子さん、時間はありますか？」

「ええ、大丈夫です」

「よかった。それなら、ちょっと呑みましょう」

紀美子を広縁に誘い、テーブルを挟んで対面する籐椅子《とういす》の片方に座ってもらい、用意しておいた日本酒をふるまう。

冷蔵庫に入っていた日本酒をお湯に入れて、温燗《ぬるかん》にしたものだ。

それを二つのコップに注《つ》ぎ、乾杯をした。

紀美子はごくり、ごくりと喉音を立てて呑み、

「美味しいわ。お酒の温かさがちょうどいい。井上さんは何をやってもお上手なんですね」

目を細めて、浩之を見る。

「まさか、俺なんか何をやっても不器用で困ります」

「それはないです。お上手ですよ」

紀美子が微笑んで、じっと浩之を見つめてくる。

それは撮影のことを指すのか、それとも、露天風呂での性交を思い浮かべているのか……いずれにしろ、過大評価だ。

訊かれるままに、カメラマンとしてどんな仕事をしているのかを話しているうちに、紀美子は酔ってきたようで、色白の顔から首すじにかけて、ほんのりと朱《しゅ》

色《いろ》がさして、色っぽさが増した。

若女将としての苦労などを聞いていると、紀美子が言った。

「じつは、お話ししておきたいことがあります」

「何でしょうか？」

「女将から、番頭の橋田との結婚を勧められています」

「えっ……？」

絶句した。橋田のがっちりした体軀が頭に浮かぶ。

「S荘は、今、橋田さんが必要なんです。大学の経営学部を出ていらして、大変優秀な方です。この旅館は、あの方の経営手腕で持っているようなものです。それもあって、女将は結婚を勧めているんです。幸いに、橋田さんもわたしを好意的に見てくださっていて……わたしも彼を嫌いではありません。ですが、亡くなった夫のことがいまだに忘れられません……」

紀美子はいったん間を置いて、浩之を見た。

「井上先生、わたしから孝志さんを追い出していただけませんか？」

「……それで、さっきは俺に抱かれたんですね」

紀美子はうなずいて、つづけた。

「井上さんなら、夫を忘れさせていただけると思いました」

「でも……それなら、その役割は橋田さんのほうが……」

「橋田さんに抱かれる前に、孝志さんを忘れたいんです。そうしておかないと、自信がないんです。わたしはきっと彼に抱かれている間も、亡くなった夫ばかりを考えていると思います。ですから……」

それだけ紀美子は、夫を愛していたのだろう。

「わかりました。でも、俺には荷が重いかと……」

「そんなことはありません。さっきもわたしは……井上さんなら、大丈夫です。絶対に……そう感じたから、さっきも……」

紀美子がすがるように浩之を見た。

答えはすぐに出た。

浩之は席を立ち、紀美子の手をつかんで立ちあがらせて、和室の布団へと導く。

袢纏を脱がせ、自分も脱ぐ。浴衣姿の紀美子をそっと布団に寝かせた。

上から覆いかぶさるようにしてキスをする。唇へのかるいキスを顎《あご》から首すじへとおろしていき、ほっそりとした首すじに舌を這わせると、

「あっ……！」

紀美子はびくっとして、顔をのけぞらせる。

首すじにキスを浴びせながら、右手で浴衣の腰紐を外して、抜き取った。さらに、浴衣を肩から剝《は》がして、脱がしていく。

白いシーツに仰臥《ぎようが》した紀美子は、肌が雪のように白く、隆起した乳房はたわわで形よく張りつめて、桜色の乳首がツンと上を向いていた。

三十六歳という年齢に相応《ふさわ》しく、適度に肉付きがよく、何よりも肌がきめ細かい。乳房からは、青い血管が浮びあがっている。

「あまり見ないでください」

紀美子が手で乳房を隠した。

その手を外して、万歳《ばんざい》の形で押さえつける。あらわになった乳房の頂《いただき》にチュッとキスすると、

「んっ……！」

紀美子がびくっとして、顎をせりあげる。

やはり敏感だ。

紀美子の腕を放し、その手で胸のふくらみをつかんだ。柔らかく沈み込む乳房

をやさしく揉みあげながら、赤みの強い桜のような色の乳首をかるく頬張り、なかで舌をからませる。

ねろり、ねろりと舌で突起をなぞるうちに、紀美子の気配が変わった。

「ぁあうぅ……ぁあああぁ……」

と、顔をのけぞらせて、浩之の頭髪を撫でてくる。

浩之は片方の膝を紀美子の太腿の間に押し込んだ。そのまま覆いかぶさるようにして、乳首を舌で転がし、揉みしだく。

「ぁああ、わたし、恥ずかしい……すごく感じてしまう。どうしてなの……ああ
あうぅぅ」

紀美子は浩之を抱き寄せながら、足の間に置かれた膝を両方の太腿で挟みつけて、ずりずりと擦ってくる。

浩之はさらに、もう一方の乳首も舌であやし、揉みしだく。妖《あや》しいほどの光沢を放つ乳肌が張りつめて、その丸みと透けだしている血管の青さがたまらなかった。

カチカチになった乳首を舐めつづけていると、紀美子の下腹部が持ちあがって、繊毛と恥丘を太腿に擦りつけてくる。

その欲しくて仕方がないという所作《しょさ》が、紀美子がこの三年の間、いかに寂しさを抱えて生きてきたかを表しているように思えた。

浩之は片方の乳首を舌であやしながら、右手をおろしていく。猫の毛のように柔らかくて、すべりのいい繊毛の下へと指を届かせると、そこはすでに充分に潤っていて、

「ぁあんっ……！」

紀美子が両手の指で、シーツをつかんだ。

浩之は乳首に吸いつきながら、翳りの底をなぞる。すると、湿った肉びらが割れて、ぬるっとしたものが指の腹にまとわりついてきた。

浩之は狭間《はざま》を尺取り虫みたいに指でかわいがる。すぐに谷間に愛液があふれだし、紀美子はみずから下腹部を持ちあげて、擦りつけながら、

「ぁああ、恥ずかしいわ……ゴメンなさい。勝手に動いてしまう……ぁああ、あうぅぅぅ」

ブリッジするように尻を浮かせる。

浩之は片方の乳首を指に挟んで、捏ねる。そうしながら、渓谷を指の腹でかるく叩いた。ネチッ、ネチッという音がチャッ、チャッ、チャッという連続音に変

わり、

「ぁあぁ、井上さん……もう……これを」

紀美子が右手をおろして、浩之の勃起をつかむ。

浩之は立ちあがり、枕を持って、紀美子の足の間にしゃがんだ。腰枕をして、膝をすくいあげる。

台形に生えた濃い繊毛の底に、蘭《らん》の花のように縦に長い花肉が息づいていた。濃いピンクだが、フリルのようになった陰唇《いんしん》の縁にだけ、濃い着色があった。

土手高でふっくらとしている。

顔を寄せて、舌を走らせるうちに肉びらがひろがり、内部の赤い粘膜があらわになった。狭間を舐めあげる勢いで、上方の肉芽《にくが》をピンと弾《はじ》くと、

「あうぅぅ……！」

紀美子がシーツを鷲《わし》づかみにした。

包皮を剝いて、じかに本体をかわいがる。ねろり、ねろりと舌を這わせて、時々吸う。それを繰り返していると、

「ぁあぁあ、あうぅぅ……いいの。井上さん、ちょうだい。ください」

紀美子がせがんでくる。

浩之は顔をあげて、いきりたつものを沼地にあてがった。切っ先を導きながら体重をかけると、窮屈な入口を突破していき、あとはぬるりとすべり込んでいって、

「はうぅぅぅ……！」

紀美子が大きく顔をのけぞらせる。

なかは熱く滾り、蕩けた粘膜がウエーブでも起こしたように分身にからみついてきた。

浩之は一瞬の暴発感をやり過ごして、両膝の裏をつかんだ。すくいあげながら膝が腹につかんばかりに押し広げる。

ゆっくりと腰をつかいながら、紀美子を見た。

足をM字開脚されながら、紀美子は右手の甲を口許に押しつけて、必死に声を抑えている。やはり、自分が若女将を務める旅館の客室では、喘ぎ声を洩らすことは憚《はばか》られるのだろう。

それでも、徐々にストロークを強めていくと、形のいい乳房がぶるん、ぶるるんと縦に揺れて、

「んっ……んっ……」

切っ先が奥を突くたびに、紀美子は低く喘ぐ。

さっきまで結われていた黒髪が今は解けて、長い髪がシーツの上に、開いた黒い扇《おうぎ》のように散っていた。

扇の中心で、すっきりした眉を八の字に折って、手の甲を口に添えて喘ぐ若女将は、生々しくて艶《なま》めかしい。

（この表情を撮りたい……！）

一瞬思ったが、今するべきなのは、紀美子をイカせて、いまだ心身に残っている亡き夫への未練を捨ててもらうことだ。

浩之は足を放して、覆いかぶさっていく。

抱き寄せて唇にキスをする。唇を合わせ、角度を変えて、強く重ねる。

舌を潜り込ませると、紀美子の舌がおずおずとからんできた。

やがて、二人のキスは貪《むさぼ》るようなディープキスへと移行していく。

脳味噌が蕩けるようだ。それでいて、キスの昂奮は確実に下半身へと伝えられて、イチモツがますますギンとしてくる。

唇を貪りながら、腰を動かした。

短い振幅でストロークをして、奥へ奥へとねじ込んでいく。

「うあっ……！」

唇を離し、紀美子が顔をのけぞらせて、ひと声、喘いだ。

浩之は腕立て伏せの形で、紀美子の顔を見ながら打ち込んでいく。屹立を深いところに届かせると、

「あんっ……！」

紀美子は甲高《かんだか》い声をあげて、仄白い喉元をさらす。

足を大きくM字に開き、浩之のイチモツを深いところに導きながら、手の甲を口許に添えて、気持ち良さそうに喘ぐ。

浩之は右手で乳房をつかんだ。

たわわで豊かなふくらみを強めに揉みしだくと、

「ぁあああ……」

紀美子の喘ぎの質が変わった。

すごく感じている。おそらく、紀美子は多少荒々しくされたほうが高まるのだろう。

親指と中指を使って、乳首を挟んで圧力をかけた。硬くしこった突起を強めにくりくりと捏ねる。

そうしながら、大きく振りかぶって、怒張《どちょう》を叩き込んでいく。

「ぁあああ、それ……あんっ、あんっ……」

紀美子が両手でシーツをつかんで、眉根を寄せる。すでに、ここは旅館の部屋であるという自制心は、なくなっているようだ。

「このほうが感じるんだね？」

「はい……」

紀美子が顔を持ちあげて、潤んだ瞳で見あげてきた。

それならばと、浩之はもう片方の乳首にしゃぶりついた。舌で転がしてから、チューッと吸いあげる。

「はうぅぅぅ……！」

紀美子は大きくのけぞって、両手でシーツを鷲づかみにした。

浩之は左右の乳首を強烈に吸いあげ、指で強めに捏ねた。そうしながら、腰をできるだけ躍らせる。

「ぁあああ、わたし、おかしい……へんになります」

紀美子が首すじに血管を浮かばせて、大きくのけぞった。

「いいんです、へんになって。ゆだねてほしい。俺にすべてをゆだねてほしい」

言うと、紀美子は「はい」と答える。

上体を立てて、今は赤みがかってきた乳房を荒々しく揉みしだき、ぐいぐいと硬直をえぐり込んでいく。

すると、足を浩之の腰にからめ、自分のほうに引き寄せながら、

「あんっ、あんっ、あんっ……ぁあああ、イキます。また、イッちゃう！」

顎をせりあげる。

「いいんです。イッていいんですよ」

浩之は片手で膝裏をつかみ、もう一方の手指を柔らかな乳房に食い込ませて、スパートした。音が出るほど激しく叩き込むと、紀美子はいっぱいに身体を反らせて、

「あん、あんっ、あんっ……イキます！」

さしせまった様子で訴えてきた。

「いいよ、イッていいよ。紀美子さんがイクところを見たい」

つづけざまに打ち込んだとき、

「イク、イク、イキます……いやぁあああぁぅぅぅ」

紀美子は嬌声《きようせい》の途中で口を手でふさぎながら、のけぞった。それから、がく

ん、がくんと躍りあがる。

昇りつめたのだ。ぐったりとして、荒い息をこぼす。

だが、浩之はまだ放っていない。

息づかいがおさまるのを待って、いったん結合を解いた。四つん這いになるように言うと、紀美子は緩慢《かんまん》な動作で布団に這った。

両手と両膝を突いた紀美子の尻は、汗ばんで妖しい光沢を放ち、充実しきった尻たぶの底には、女の泉があふれている。

鶏頭《けいとう》の花のように突き出しながら褶曲《しゅうきょく》する肉びらがひろがって、内部の赤みをのぞかせていた。

浩之は左手でウエストをつかみ、右手で屹立を導いた。黒々と渦巻いた翳りの途切れるあたりに切っ先を押しつけて、位置を確認しながら、めり込ませていく。狭い入口を通過したイチモツが、蕩けた体内に潜り込んでいって、

「あうぅぅ……！」

紀美子が背中をしならせた。

浩之は意識的に浅瀬を短く、早いリズムで突いた。途中まで擦るように抜き差しすると、

「ぁあああ、意地悪しないで……奥を……奥にください」

紀美子が両手を前に放り出して低くなり、手の上に顔を乗せた。尻だけが突きあがる女豹《めひょう》のポーズが、ひどくエロチックだった。

浩之は腰をつかんで尻を引き寄せた。そして、強く叩き込む。

下腹部を尻に打ち据《す》えるようにして、勃起を押し込んでいくと、切っ先が子宮口に届いて、

「あんっ……あんっ……ぁあああ、いいの。お臍《へそ》まで届いてる。押し上げられる。押し上げられます……ぁあああ、もっと、わたしを懲《こ》らしめてください。メチャクチャにして！」

紀美子がいっそう尻を突き出してきた。

「いけない女だ。紀美子さんを懲らしめてやる」

つづけざまに深いストロークを打ち込むと、紀美子は両手を前に放り出すような格好で、

「あん、あんっ、あんっ……」

日頃の所作《しょさ》からは想像できないような甲高い声を放つ。もうここがどこであるかも、紀美子の脳裏からは飛んでしまっているのかもしれない。

こうしてほしいのだろうと、浩之は片手を後ろに突き出させて、肘《ひじ》をつかんだ。

ぐいと後ろに引っ張ると、紀美子の上体が持ちあがり、斜めになった。さらに内側に引き、半身にさせて、打ち据えた。

「ぁああ、これ……」

「いいんだね、こうされるといいんだね？」

「はい……奥まで突き刺さってくる。ぁああ、許して、もう許して……」

「ダメだ。許さない。こっちの手も……」

浩之はもう一方の手も後ろに出させて、肘をつかんだ。

両手を後ろに引き寄せながら、自分はのけぞるようにして、屹立を打ち込んでいく。

紀美子は、上体を斜めになるまで持ちあげられて、両腕を後ろに引っ張られながらも、

「あんっ……あんっ……」

喘ぎをスタッカートさせる。

悦楽《えつらく》の世界に没入して現実を忘れてしまっているのだろう。浩之が心配になる

ほどに生々しい声を張りあげる。

浩之は右手を放して、とっさに乳房をつかんだ。汗ばんでいる乳肌を揉みしだきながら、ぐいぐいと突きあげていく。

いきりたっている肉柱が、斜め上方に向かって体内を擦りあげていき、

「ぁあああああ……イクの。わたし、またイクの……」

紀美子が息も絶え絶えに訴えてくる。

「いいんです。イッていいんですよ」

乳首を捏ねながら、ぐいと突きあげたとき、

「はんっ……！」

紀美子は絶頂の声を洩らして、がくがくしながら、前に突っ伏していく。

ぐったりとして、はぁはぁと息を弾《はず》ませている紀美子を、浩之は仰向《あおむ》かせて、膝をすくいあげた。そのまま正面から打ち込んでいく。

「ぁあああ、また……信じられない。信じられない……ぁあああ、あんっ、あんっ、あんっ……」

膝裏をつかんで開かせ、押しつけて、尻を浮かせる形で打ち据える。

「ぁあああ、もう、もうダメッ……」

「許しませんよ。忘れるんです。亡くなったご主人のことは忘れるんです。いいですね」

「はい……忘れます。だから、イカせて……ぁあああ、イキそう。信じられない。わたし、またイク。恥ずかしい……また、イッちゃう！」

紀美子は扇状に散らした髪をばさばさと揺らして、顎をせりあげる。

浩之もいよいよ限界を迎えようとしていた。

「出しますよ。いいんですね？」

「ええ、ください。ください！」

「紀美子さん、紀美子！」

呼び捨てにして、たてつづけにえぐり込んだとき、

「イク、イク、イキます……いやぁあああぁぁぁ、うぐっ！」

紀美子は両手で口を押さえながら、のけぞり返った。

駄目押しとばかりに止《とど》めの一撃を差し込んだとき、浩之も熱い男液をしぶかせていた。

ドクッ、ドクッと勢いよく放たれる男液を、紀美子はがくがくと震えながら、受け止めている。

出し尽くして、浩之は肉棹を抜き、すぐ隣にごろんと横になる。

気絶したように微塵《みじん》も動かない紀美子に、掛け布団をかけてやる。

浩之は、荒い息づかいがちっともおさまらない。

息が戻った頃に、紀美子がこちらに向きを変えて、身体を寄せてきた。

とっさに腕枕をすると、くっついてきて、浩之の胸板を手でなぞり、

「ありがとうございます。おかげさまで、吹っ切れたような気がします」

耳元で言った。

「若女将の力になれたら、本望《ほんもう》です」

浩之が率直に本心を伝えると、紀美子は胸板に顔を乗せて、慈《いつく》しむように頰ずりしてきた。

# 第三章　お祭り女の真骨頂

## 1

井上浩之は、青森県津軽《つがる》半島の根元にある五所川原市《ごしょがわらし》の芦野公園《あしのこうえん》で、満開の桜と、その前に立つ跳人《はねと》の格好をした橋口弓子《はしぐちゆみこ》を撮っていた。

三年前に、浩之は『青森ねぶた祭』の撮影をした。その際に勇壮で幻想な山車《だし》について、「ラッセラー、ラッセラー」の掛け声とともに軽快に跳ねている跳人を撮影して、それがある写真コンクールで入賞した。

そのときの主役を務めたのが、橋口弓子だった。

彼女がついていたのはA銀行の山車だったので、コンクールで入賞したことを知らせようと、青森に行った。

銀行に行ってすぐに、受付業務をやっている女性だと気づいた。勤めて二年目の女子行員だった。

その夜、弓子を、お礼と報告をかねて居酒屋に誘い、ご馳走をした。

弓子はとても喜んでくれて、以来、二人の距離は縮まり、青森に行ったときにはなるべく弓子に逢うようにしている。

普段はメガネをかけていて、物静かで知的だ。だが、お祭りになってメガネを外すと、がらっと変わる。

日頃、おとなしく慎《つつ》ましやかに仕事をこなしている弓子は、豹変《ひょうへん》して、箍《たが》が外れたように跳ねる——そんな、典型的なお祭り女なのだ。

「いいよ。好きに動いてみて。お祭りの調子で」

浩之はファインダーから目を離して指示をする。

すると、弓子は大胆なポーズをとりはじめた。ようやく、撮られることに慣れてきたのだろう。ソメイヨシノのごつごつした幹に抱きついて、片足を後ろにぴょんと撥《は》ねあげる。

白地に青の模様の入った浴衣《ゆかた》を着て、はしょっている。たくしあげられた裾《すそ》からは、ピンクのオコシがのぞき、さらにふくら脛《はぎ》と白い足袋《たび》や草履《ぞうり》が見えている。

影になってしまうから、正装の際の花笠はつけさせていない。両肩にかけられたピンクのタスキが桜の色とマッチしていた。

「よし、きみらしい写真が撮れた。次の場所に移動しよう。今度は、鉄道と桜を撮りたいんだ……見るかい？」

「見せてください」

弓子が飛んできて、浩之は撮ったばかりの写真をカメラの液晶モニターで次々と見せていく。画面を覗《のぞ》き込んでいた弓子が、

「何か、恥《は》ずかしい……でも、素敵！」

瞳を輝かせる。

この格好だと目立ちすぎるので、衣装の上に薄いコートをはおらせて、芦野公園駅に向かう。

最初、弓子がぎこちなかったのは、モデルとしての撮影が二年前の『青森ねぶた祭』以来だったからだ。

今回、弓子をモデルに桜を撮影しようと考えたのは、温泉旅館S荘の露天風呂で桜をバックに若女将《わかおかみ》を撮った際、思いの外、ぐっとくるいい写真が撮れたからだった。

今回は「桜と女」というテーマにしよう――。

そう決めて、今日逢う約束をしていた弓子に、急遽《きゅうきょ》、跳人の衣装で撮影したい旨《むね》を伝えた。最初は「上手くできそうもありません」と謙遜《けんそん》して言い、あまり乗り気ではなかった。それを、「大丈夫、きみなら絶対に大丈夫」と説き伏せたのだ。

すべてがそうであるように、写真にも出逢いと偶然が必要だ。報道写真にしても、運命的な瞬間に遭遇《そうぐう》してこそ、これという写真が撮れるし、人を感動させる写真ができる。

角館の石田萌香、鹿角温泉の山本紀美子との濃厚な交わりもしかりで、偶然と女性の存在が、この撮影旅行の鍵を握っているのだと、つくづく感じた。

写真の神様が、今シーズンは桜と女を撮れ、と教えてくれているのだ。

これまでコンテストで、いいところまでいっても受賞に至らなかったのは、何かが欠けていたからだろう。

桜と女なんて、記念写真じゃあるまいし……という批判があることはわかっている。しかし、アングルや構図など、切り取り方によっては、虚を衝《つ》いた斬新《ざんしん》な写真が撮れるはずだ。

現に、透《す》けた白い衣装を身にまとった紀美子を、バックを夜桜にして撮ったら、とても衝撃的な写真に仕上がった。

「今日が日曜日でよかった。平日だったら、日中きみをモデルにして撮れなかった」

　千五百本の桜が咲き誇り、湖もある広大な公園の一角を歩きながら、浩之は声をかける。

「ここに来られて、よかったです。わたし、太宰治《だざいおさむ》のファンなんです。ここには太宰の像もあるし……少年の頃、ここでよく遊んでいたそうですよ」

　小柄な弓子が微笑《ほほえ》んで見あげてくる。

　笑うと、笑窪《えくぼ》ができてかわいらしい。今日は撮影だから、メガネをコンタクトに替えている。メガネを外しているほうが、ずっと美人だ。普段からコンタクトにすればいいのにと思うのだが、銀行員という職業柄、地味なメガネをかけているほうが、何かとやりやすいのだろう。

「そうか……太宰が好きなんだ。男はハシカみたいに、だいたいある時期、太宰治に夢中になるんだけど、女性でもファンがいるんだ」

「いますよ。太宰は女性にモテたんですよ。突っ張っているのに甘えん坊で、危なっかしくて、放っておけなかったんだと思います。それに、太宰の描く女性って魅力的ですよ」

「だけど、最期は無理心中という結果になってしまった。愛人のひとり、山崎富栄《やまざきとみえ》と玉川上水《たまがわじょうすい》で……」

「しょうがないですよ。好き勝手をした男は、非業《ひごう》の最期を遂《と》げるように天が配剤《はいざい》なさっているんです」

「……怖いことを言うね」

弓子は、それ以上は黙して語らない。きっと、何か思い当たる節があるのだろう。ということは、弓子も男に関して、何かつらい体験をしているのかもしれない。

現在は二十七歳で、つきあっている男性はいないというが、案外わからない。一見《いっけん》地味だが、いざとなると熱狂的になる弓子の魅力を見抜いている男だっているだろう。

駅近くで、三脚を立てて、桜のトンネルを抜けてくる津軽鉄道のオレンジ色の車体を撮影した。

それから、小さくて愛らしい駅舎の前で、跳人姿の弓子を撮る。

その後、記念写真用に、太宰治の像の前や湖をバックにして、跳ねている弓子の躍動感あふれる写真を撮った。

太陽が傾きかけた頃、弓子が住んでいる青森市に向かう。

愛車の助手席に弓子を乗せて、一時間ほどで青森市に到着した。

明日から、弘前公園《ひろさきこうえん》の桜を集中的に撮るために、ホテルは公園の近くに取ってあった。温泉付きのビジネスホテルだから、多少チェックインが遅くなっても問題はない。

愛車のステーションワゴンを駐車場に入れて、二人で青森港を散歩した。

ベイブリッジの架けられた港は、大型客船も停泊《ていはく》しており、眺めているだけでも愉《たの》しい。『青森ねぶた祭』の最終日には、明かりを点《つ》けたねぶた灯籠《とうろう》がこの海を航行する。

二人は港の散歩を愉しんでから、港に近い居酒屋に入って、夕食を摂《と》った。

海の幸をふんだんに使った料理を食べながら、酒を呑《の》んだ。二人でこれまでにも何度か居酒屋で飲食しているが、今夜の弓子は、酒を呑むピッチがやけに速かった。

コートを脱いで、今は跳人の衣装だ。白地に青い波の裾模様のついた浴衣をはしょり、ピンクのオコシをつけ、これもピンクのたすき掛けをしている。

目の縁が朱《しゅ》に染まり、色白の顔が上気しているように見える。跳人の衣装をつけているので、例のごとくテンションがあがっているのか、それとも別の理由なのか、弓子は刺身をつまみながらぐいぐいと日本酒を呷《あお》る。浩之は車の運転をしなければいけないので、ノンアルコールのビールを呑んでいる。

弓子のピッチは衰えず、見る間にべろんべろんになって、呂律《ろれつ》もまわらなくなった。

浩之は心配になって、訊《き》いた。

「弓子さん、何かあったの？」

「あったわよ」

そう言う弓子の大きな目が据《す》わっていた。

ここは個室の桟敷席《さじきせき》だから、人の耳を気にする必要はない。

「何があったのか……よかったら、教えてくれないか？」

目を見て言うと、弓子がまさかのことを口にした。

「わたし、次長に捨てられました」

「えっ……？」

どう反応していいのかわからず、一瞬、言葉を失った。

弓子がそれ以上は話さないので、こちらから訊く。

「それって、上司とつきあっていたってこと？」

「はい。不倫です」

じっと浩之の目を見ながら、弓子はコップ酒をぐいと呷った。

量が多すぎたのか、途中で噎《む》せて、げぼっと吐きだしてしまい、お酒がテーブルを汚す。

浩之は苦笑しながら、テーブルに飛散した日本酒をお手拭きでふきとった。

「大丈夫か？」

「ええ、平気です」

弓子は口ではそう言うものの、明らかに呑みすぎで、目がとろんとしている。

足を崩して座っているので、ピンクのオコシが乱れて、仄白《ほのじろ》い太腿《ふともも》が見え隠れしていた。浩之は座り直して、訊いた。

「……ほんとうに不倫していたの？」

「はい……井上さんの撮った、跳人の写真が気に入ったみたいで、あれから、次長、何かと言い寄ってくるようになったんです。わたしはキョヒってたんだけど、そうしたら、今度は露骨にパワハラしてきて……去年のお祭りのあとに、しつこく迫られて、わたし、押し切られてしまって……それから、ちょくちょく身体を求めてくるようになったんです。一度抱かれたら、次長、ころっと態度が変わって、わたしを優遇するようになって……これだから男っていやだわと軽蔑しながら、わたしも会社でお姫様扱いされることで、いい気になっていたのかもしれません」

弓子が上司と不倫していたのはショックだが、そういう事情があるのなら、今夜のこのありさまも、許せるかなという気持ちになった。

ゲス上司がすべて悪いのだ。弓子はむしろ被害者だ。

「それで……捨てられたっていうのは？」

「奥様が次長の行動を不審に思って、興信所に調べさせたらしいんです。わたしと次長がホテルから出てくるのを撮られてしまって……その写真を突きつけられて、次長はどうにか言い訳して不倫じゃないって主張したらしいんですけど。それで、ビビってしまって、いっさい誘ってこなくなりました」

「それって、むしろよかったんじゃないの。捨てられたというのとは、ちょっと違うと思うよ」

「それでも、悔しいんです。次長、妻とは別れて、きみと結婚したいって何度も言ってたのに……」

「きみらしくないな。そんなウソは、不倫している男なら誰だってつくよ」

「わかってるんです。わかってます……だけど、悔しくて……もう一杯、ください。わたし、こんなこと誰にも言えなくて。井上さんが初めてなんですよ」

「そうか……そうだよな。周囲には言えないよな」

浩之は四合瓶からコップに酒を注《つ》いでやる。

すると、弓子はなみなみと注がれたコップを傾けて、ぐびっ、ぐびっと呷る。

(酔いつぶれたら、どうしたらいいんだ)

浩之はそんな危惧《きぐ》を抱きつつも、やけ酒を呷りたい弓子の気持ちもよくわかり、今夜はつきあうしかないなと思った。

十五分ほど愚痴《ぐち》を聞いているうちに、弓子は舌をもつれさせながら、

「クソ次長が、女をナメるなよ。ぶっ殺してやる！」

と、物騒なことまで口走るようになった。

胡座《あぐら》をかきだしたので、オコシがまくれて太腿まであらわになっている。

やはり、そうだ。弓子はお祭りや呑み会で一線を越えると、人格が変わるの

だ。控えめで知的な女性から、熾烈《しれつ》で手をつけられない人間へと変貌する。

『青森ねぶた祭』のとき、その弓子の熱狂を感じ取って、浩之は写真を撮った。

そしてそれがコンクールで入賞した。

「弓子さん、そろそろ送っていくよ。これ以上呑むと、潰れてしまう」

「まだ呑む。あれなの？　浩之、わたしに手を焼いているんでしょ。だから、一刻も早くわたしから解放されたいんだ。そうだよね？」

弓子は目の据わった顔で絡んできた。名前を呼び捨てにするほどだから、よほど酔っている。

「そうじゃない。わかった、わかったよ。じゃあ、あと一合だけ頼もう。それでいいね？」

「しょうがないな。わかったわ」

弓子が不承不承《ふしょうぶしょう》、承諾する。

浩之がオーダーしたお酒を、弓子はぶつぶつ言いながら、呑み干した。

「さあ、出よう」

浩之は勘定を払い、ふらつく弓子に肩を貸して、駐車場の車まで連れていく。

べろんべろんに酔っている弓子を助手席に乗せ、シートベルトをかけてやり、運転席に座った。

弓子からどうにかして住所を聞き出し、ナビに打ち込み、車を出した。

弓子の住むマンションは市のほぼ中心地にあり、十分ほどで着いた。

駐車場に愛車を停め、ふらふらする弓子に肩を貸してマンションに入り、エレベーターに乗った。

三階で降りて、308号室に連れていく。

弓子が覚束《おぼつか》ない手つきでドアの鍵を開けた。なかまで送っていくことにして、室内に入る。1LDKの間取りの、よく整理整頓されている部屋だった。

リビングのソファに弓子を寝かせて、キッチンにあったコップに水道水を注いで、手渡す。

ぐびっと一気飲みした弓子は、コップをテーブルに置いて、再びソファにごろんと横になった。横臥《おうが》しているのだが、オコシがめくれて、むっちりとした太腿がのぞいている。

「もう大丈夫だね」

浩之が部屋を出ようとすると、弓子が声を張り上げた。

「逃げるの？　そもそも、井上さんのせいなのよ。浩之があんな写真を撮ったから、次長がわたしに目をつけた。自分にも責任があるのに、被害者のわたしを置いてきぼりにするの？」

確かにそうだ。弓子の言葉が胸に突き刺さった。

2

踵《きびす》を返した。

弘前のホテルにはまだ連絡をしていないが、ビジネスホテルだからどうにかなるだろう。

弓子がソファに上体を立てて座っているので、その隣に腰をおろした。

弓子は上気した顔を浩之の肩に置いて、しなだれかかってきた。

悪酔いした女をどう扱っていいのかわからない。だが、恩があるし、彼女の事情もわかっているだけに、ないがしろにはできない。

そっと肩を抱き寄せて、アップにした髪を撫《な》でた。

すると、弓子は髪をほどいて長い髪を散らし、浩之の首すじに顔を寄せる。

突然、ぺろっと舐《な》められて、浩之はビクッとした。

「つきあってくれてありがとう。膝枕《ひざまくら》してくれる？」

「……ああ」

弓子が背もたれに背中を向ける形で、浩之のズボンの太腿に顔を乗せてくる。女性を膝枕するなんて、最後がいつだったか記憶にない。

弓子は跳人の衣装で、はしょった浴衣にたすき掛けをして袖《そで》をまくりあげ、オコシをつけている。ピンクのオコシからは、膝から上がのぞいてしまっていた。

浩之はどうしていいのかわからずに、おずおずと肩を撫でる。弓子の頭が股間に触れていて、分身がエレクトしはじめている。

弓子が浩之の手を胸のふくらみに導いた。だが、浩之としてはそれ以上、進展させる決心がつかない。

じっとしていると、弓子が言った。

「いやなの？　わたしは次長に穢《けが》されてしまっているから、不潔？」

「……いや、それはないよ」

「ほら、今、答えるまでに間があった。わかったわ。帰っていいよ」

弓子が身体を起こした。

「いや、そうじゃない。弓子さんが好きだよ。だから、青森に来るたびに逢っているんだ」

「わたしも井上さんが好きよ」

弓子が殊勝《しゅしょう》に言って、抱きついてきた。

浩之も受け止めて、顔を寄せていく。

弓子が目を閉じた。目の大きさに比例するのか、睫毛《まつげ》が長い。

小さいがぷっくりとした唇は、酔っているのでいっそう赤みを増し、半開きになって、完全に男を誘っている。

熟柿《じゅくし》に似た日本酒の残り香を感じながら、唇を重ねて、小柄な身体を抱きしめた。

キスがいっそう情熱的になり、どちらからともなく舌を差し込んで、からめていた。

背中から尻へと撫《な》でおろしていき、浴衣越しにヒップをさすった。

そのとき、弓子の手が股間に伸びてきた。

ズボン越しにイチモツを情熱的に撫でさすってくる。硬くなって斜め上を向いている勃起《ぼっき》を、ズボン越しに上下になぞってくる。

イチモツがますます充溢《じゅういつ》するにつれて、弓子を抱きたい、刺し貫《つらぬ》きたいという欲望がせりあがってきた。

弓子は今、力で押し切られて次長と不倫したことを悔やんでいる。自分が穢されたような気持ちになっている。それを浄化《じょうか》できるのは、自分しかいない。

逃げてはダメだ――。

キスをやめて、立ちあがった。弓子を立たせて、横抱きにする。お姫様抱っこで持ちあげると、弓子がしがみついてきた。

リビングに接した部屋には、セミダブルのベッドが置いてある。

いつも重い機材を持ち歩いている浩之には、小柄な弓子は軽く感じる。

お姫様抱っこで歩き、弓子をベッドにそっと横たえた。

浩之は服を脱ぎ、裸になる。

いきりたっている肉柱を見て、弓子が目を見開いた。そのまま視線を外そうとはしない。

勃起に目が釘付けになったまま、弓子は白い足袋を脱いだ。さらに、タスキを外そうとするので、言った。

「いいよ、そのままで。跳人の格好の弓子を抱きたい」

何か言おうとした弓子を制して、浩之は覆《おお》いかぶさっていく。

唇にキスをして、さらに顔をおろしていき、首すじにキスを浴びせ、舐めあげる。

「あんっ……！」

弓子は低く喘《あえ》いで、顔をのけぞらせた。

とても敏感だった。やはり、弓子は一線を越えると、日頃の彼女とはがらりと変わるのだ。

白い浴衣の襟元《えりもと》をひろげて、こぼれでた白い肌にもキスをして、舐める。浴衣の上から乳房を揉《も》んだ。揉みしだきながら、右手をおろしていく。まくれあがっているオコシをさらにめくって、太腿を撫でた。

しっとりとしていながら、なめらかな内腿をなぞりあげていくと、指がパンティに達して、

「あっ……！」

弓子がぎゅうと太腿をよじり合わせた。

足を開かせて、パンティの上から花芯を指でなぞる。何度も撫でているうちに湿ってきて、指先が上方の突起に触れると、

「あんっ……！」

弓子は顔を大きくのけぞらせる。

基底部を指でさすりながら、浴衣越しに胸のふくらみを揉み、浮かびあがってきている乳首を指で挟んで転がした。

おそらく、ブラジャーをつけていないのだろう。

襟元から手をすべらせていくと、じかに乳房に触れた。幾分汗ばんだ乳肌を揉みしだき、頂上で硬くなっているものを指で捏《こ》ねる。そうしながら、パンティ越しに花肉をなぞりつづける。

「んんっ……ぁあああ、あうぅぅ……」

弓子が顎《あご》をせりあげた。

「気持ちいいんだね？」

「はい……気持ちいい。井上さんの指、気持ちいい……ぁあああ、いやいや、恥ずかしい」

そう言いながらも、弓子は身体をよじり、下腹部を押しつけてくる。

「ねえ、して……これを……」

弓子が浩之の肉柱をつかんだ。

だが、浩之にはその前にしてほしいことがあった。

「その前に、口でしてくれないか？」

思い切って提案する。

弓子は口許に笑みを浮かべて、うなずいた。この格好のほうがしやすいだろうと、浩之はベッドの端に腰かけて、足を開く。

弓子がその前の床にしゃがんで、いきりたちを握り、しごきながら、見あげてきた。

「エッチね、井上さんは。跳人の格好でしゃぶらせるなんて……お祭りのときも、こんなことを考えていたの？」

「いや、それはないよ。あれは純粋に、元気に跳ねているきみを撮りたかった。きみは輝いていたよ。誰もがきみに注目していた」

「わたし、お祭りになると、夢中になっちゃうのよ。自分でもよく覚えていなくて……」

「一種のトランス状態だな。それはすごい才能だよ」

言うと、弓子は微笑んだ。それから、亀頭部《きとうぶ》に慈《いつく》しむようなキスを浴びせて、鈴口《すずぐち》をひろげ、その奥にまで尖《とが》らせた舌を届かせようとする。

「くっ……！」

内臓を舐められているような感覚に、浩之は呻《うめ》く。

弓子はそれを愉しんでいるのか、尿道口をちろちろと舐める。それから、亀頭冠にぐるっと舌を走らせ、肉柱全体にキスの雨を降らせた。

弓子はペニスが好きなのだと感じた。

それから、弓子は上から唇をひろげて、屹立《きつりつ》を呑み込んでいく。指を離して、一気に根元まで包み込んでくれる。

イチモツをすべて頰張《ほおば》られる悦《よろこ》びが、全身を満たす。

弓子はぐっと奥までおさめて、なかで舌をからませてくる。下腹部を満たす穏やかな快感に、浩之はうっとりとする。

ぷっくりとした唇が上下動しはじめた。

見ると、弓子は両手を浩之の太腿に置いて、いきりたつものを口だけでゆったりと頰張っている。

長い髪が肩や背中に散り、タスキにオコシという跳人の格好で、一心不乱に肉《にく》棹《ざお》に唇をすべらせている。

（ああ、俺はやっぱり、あの写真を撮るとき、ひそかにこういうことを期待していたのかもしれない。弓子のお祭りでの熱狂は、どこかセクシーだった）

タスキとオコシのピンクがきれいだ。

写真を撮りたい。弓子はそれを許してくれるだろうか――。

弓子はいったん吐きだして、裏筋に沿って舐めおろしていき、そのまま睾丸《こうがん》に舌を遊ばせる。睾丸を舐めながら、屹立を握ってしごく。

（こういうことまで、してくれるんだな……）

あられもない姿は、メガネをかけた地味な格好で、銀行の受付業務をこなしている弓子からは、想像もできない。

弓子はいっぱいに伸ばした舌を皺袋《しわぶくろ》に届かせながら、下からじっと見あげてくる。

酔いで上気した顔と細められた目が、ひどく色っぽい。

すぐに視線をそらして、袋から裏筋へと舐めあげてきた。

裏筋に何度も舌を走らせ、上から唇をかぶせてくる。

根元を握ってしごかれながら、本体部分を唇で往復されると、峻烈《しゅんれつ》な快感が押しあがってきた。

「ありがとう。いいよ、すごく気持ち良かった。そのお礼がしたい。シックスナインをしてくれないか？」

「もう、ほんとうにエッチなんだから。跳人の女のあそこを舐めたいんでしょ」

「ああ、そうだ」

「しょうがないな」

弓子はいったん立ちあがって、オコシのなかに手を入れて、肌色のパンティをおろした。足先から抜き取って、仰臥《ぎょうが》した浩之に緩慢《かんまん》な動作でまたがってくる。

浩之に尻を向ける形で上になり、背中を伸ばして、浩之の屹立を握った。

「ぁああん、こんなにパキパキにして……血管が浮かびあがってる。先っぽがかわいい。そら豆みたい……」

うっとりして言い、唾液まみれの肉柱を握りしごいてくる。

それから、首を伸ばして、屹立を頬張った。途中まで唇をすべらせて、かるく上下に打ち振る。

「くっ……！」

浩之はうねりあがる快感を心から味わった。

ストロークがやんだときに、ピンクのオコシをまくりあげた。完全にはしょると、仄白い尻がまろびでてきた。

くびれた細腰から、豊かな尻が銀杏《いちょう》の葉のようにひろがっている。そして、黒々とした繊毛《せんもう》を背景に、女の肉貝があらわな姿を見せていた。

こぶりだが、ふっくらしたオマ×コだ。

色もほぼピンクで、びらびらが縁に近づくほどに色づいている。この姿勢のせいか、肉びらがひろがって、内部の赤い粘膜がぬらぬらと光っていた。

浩之は頭の下に枕を入れて、顔の角度を調節し、尻を引き寄せながら、狭間《はざま》に舌を走らせる。

ぬるっとすべっていき、

「んんっ……！」

弓子が頬張ったまま、呻いた。

浩之はつづけざまに谷間を舐める。舌を走らせるうちに、陰唇《いんしん》がいっそうひろがって、内部の赤みが増してきた。

今度は下方にあるクリトリスを舌であやした。チューッと吸い込み、吐き出して、舌を打ち据える。また吸って、舐める。

それを繰り返していると、弓子はしゃぶっていられなくなったのか、顔をあげて、

「ぁああ、気持ちいい……ぁああうぅ」

心から感じている声を放つ。

「欲しい？」

「はい……もう入れてください」

「悪いけど、上になってくれないか？」

弓子はいったん立ちあがって、向かい合う形で浩之をまたぎ、ゆっくりと腰を落とす。ギンとしたものをつかんで、太腿の奥になすりつけて、

「ぁああ、これだけでイキそう」

弓子がうっとりして言う。

弓子は蹲踞《そんきょ》の姿勢になって、屹立をあてがいながら、慎重に沈み込んでくる。亀頭部がとても窮屈な入口を通過していき、

「うあぁぁぁ……！」

弓子は大きくのけぞった。

浩之も呻いていた。弓子の膣《ちつ》はとても狭く、キツキツで、侵入者をぎゅっとつかんでくる。

じっとしていると、弓子が自分から腰をつかいはじめた。

両膝をぺたんとシーツに突いた状態で、腰を前後に揺すり、ローリングさせる。決して上手いとはいえないが、腰振りが急激に大きく、速くなっていき、

「ぁあああ、すごい……ぐりぐりしてくる。おチンチンが奥をぐりぐりしてくるの」

あからさまなことを言って、腰をくねらせる。

それから、膝を立てて、腰を上下につかいはじめた。オコシからこぼれた白い太腿をひろげて、少し前屈みになり、両手を胸板に突き、激しく腰を打ち据えながら、

「あんっ……あんっ……あんっ」

喘ぎ声をスタッカートさせる。

小気味いいほどの喘ぎが室内に響きわたる。弓子の頭には、今、自分のマンションの部屋でセックスしているという意識はないのだろう。

こういった状態になると、快楽に没入するあまり、他のことは脳裏から締め出されてしまう。それが、弓子のいいところだ。

弓子はさらに、後ろに両手を突き、のけぞった。のけぞりながら、足を大きく開いて、腰を前後に振りはじめた。

衝撃的だった。

ピンクのオコシがはだけて、太腿の奥に、ぬるぬるした肉柱が膣口に出入りし

ているのが、はっきりと見える。

長い髪が後ろに垂れ落ちて、白地に青い波の裾模様が入った浴衣をはしょり、ピンクのタスキで袖まくりして、長い腕が伸びている——。

何よりも、大きく足をM字に開いて、奔放《ほんぽう》に腰を振る姿が、弓子の持つ貪欲《どんよく》な性への欲求を物語っているように見えた。

分身が揉み抜かれるのをこらえていると、弓子は上体を立て、そのまま浩之に覆いかぶさってきた。

唇を重ねながら、みずから腰を振って、肉棹を体内に擦《こす》りつける。

こうなると、浩之も攻めたくなる。

弓子の背中と腰を抱き寄せて、下から突きあげる。ぐいぐいとせりあげると、怒張《どちょう》が斜め上方に向かって、肉路を擦りあげていき、

「んんっ……あはっ……いやいやいや、あんっ、あんっ、あんっ……！」

弓子はキスできなくなって、喘ぎをスタッカートさせる。

つづけざまに突きあげると、弓子は浩之に抱きつき、嗚咽《おえつ》するような声を洩《も》らしていたが、やがて、

「あんっ、あんっ……ぁああ、イキそう……わたし、イキそう……」

顔をのけぞらせる。

「いいよ、イッていいよ」

そう言って、浩之は強いストロークに切り換えた。

弓子の身体が浮きあがるほど激しく叩きつける。すると、弓子はいよいよ逼迫《ひっぱく》してきて、

「あんっ、あんっ、あんっ……イクよ。イキます……あんっ、あんっ、あんっ……イク、イク、イッちゃう……やぁあああ、はうっ！」

嬌声《きょうせい》を張りあげて、浩之の上でがくん、がくんと撥《は》ねた。

エクスタシーの波が通りすぎると、がっくりとして動かなくなった。

3

横たわっている弓子をベッドに座らせて、タスキを外し、浴衣をぐいとおろして腕を抜かせ、もろ肌脱ぎにさせる。

こぼれでた乳房は想像以上にたわわで、お椀を伏せたような形をしていた。乳首も乳輪も見事なピンクだ。

恥ずかしそうに乳房を手で隠す弓子に、

「すごく色っぽいよ。その姿をスマホで撮らせてくれないか。今のきみの姿を写真にしておきたい。お願いだ」

浩之は懇願した。ほんとうは一眼レフカメラで撮りたいが、残念ながら今は、車のなかに置いてある。

「でも……」

「大丈夫、絶対に流出させない。あとで見せて、きみが気に入らなかったら、その場でデータを消去する。だから、撮らせてくれないか。猛烈に今のきみを撮りたいんだ」

必死に頼んだ。その気持ちが伝わったのか、

「しょうがないな。そんなに撮りたいなら、いいよ。ただし、わたしのスマホを使ってね」

「わかった。スマホを貸してくれ」

浩之は弓子からスマホを受け取って、機能を確かめる。二眼でそれほど性能はよくないが、どうにかなるだろう。

「じゃあ、白い足袋を履《は》いてくれないか。そのほうが、リアルだ」

「いいわ。待ってて」

弓子が足袋を履き終えた。

「やっぱり、足袋を履いたほうが断然いいね。撮るよ。まずは、ベッドに座って、足を斜めに流して」

「こう?」

弓子がベッドのヘッドボードを背に、足を斜めにして座った。両手で自分を抱え込むようにして、乳房を隠している。

「いいよ。こっちをじっと見つめて。挑むような感じで」

指示をする。弓子は言われたように、両手で胸のふくらみを隠しながら、挑戦的な視線を向けてくる。

「いいね。すごく、いい……きみの意志の強さを感じるよ。そのまま、腕をおろしていって……少しずつでいいよ」

指示すると、弓子は少しためらったが、シャッター音に背中を押されるように手をおろしていく。乳房が徐々に見えてきて、動きが止まった。

「もっとおろして」

「見えちゃう。乳首が」

「きれいな乳首だったよ。見られるんじゃなくて、見せつけてやればいい。いいよ、そのまま……挑みかかるように見て……」

弓子の両手がずれて、乳首があらわになった。それでも、弓子は怯《ひる》むことなくカメラに強い視線を送りつづけている。

「きれいな胸だ。素晴らしいよ。じゃあ、そのまま後ろに凭《もた》れて……そう。そのまま、少しずつ足を開いていこうか」

「えっ……見えちゃう。下着をつけていないんだから」

「ありのままのきみを撮りたいんだ。生まれたままの橋口弓子を。頼む、撮らせてくれ。それに、これはきみのスマホだ。写真を管理するのはきみだ」

必死に説き伏せる。

弓子がぎゅっと唇を嚙《か》んだ。それから、顔をそむけながら、足を開いていく。

左右の膝が離れて、それにつれて、むっちりとした太腿がのぞいた。

だが、光源は上にあるから、それほど鮮明には見えない。

弓子が足を開くたびに、シャッターボタンをタップする。

カシャッ、カシャッ――。

スマホのシャッター音が響き、それに後押しされるように、弓子は大胆に足を開いていく。

直角以上にひろがったとき、さすがに羞恥心《しゅうちしん》が兆《きざ》してきたようで、弓子が股間を手で隠した。

「それもいいよ。恥ずかしそうにして……そうだ」

スマホの液晶画面と実際の弓子を交互に見ながら、シャッターを切る。

「今度は、こちらをにらんで。そうそう、いいぞ」

浩之は連続して撮影しながら、弓子を導く。

「そこを見せるのが恥ずかしいという気持ちはわかる。でも、もっとエロチシズムがほしい。そうだ、自分でしてくれないか、自分で慰めてほしい」

「そんな……できないわ」

「いや、きみならできる。きみはある次元を越えたときに、すごくいい表情をする。それが見たい……いいよ。俺がいないものとして仮定して、ひとりの世界に入っていいよ。きみならできるさ」

説得した。

弓子はためらっていたが、やがて心を決めたのか、漆黒《しっこく》の翳《かげ》りの下を右の手指でなぞりはじめた。そうしながら、左手で右手の動きを隠している。

静寂のなかで、ネチッ、ネチッという音が聞こえ、弓子はそれを恥じるように首を左右に振った。

浩之は無言のまま、シャッターボタンをタップする。

すると、シャッター音にせかされたのか、弓子が左手を胸のふくらみへと持っていった。お椀を伏せたような乳房を揉みしだきながら、翳りの底に中指を走らせて、

「ぁあああうぅ……」

顎をせりあげる。

浩之は高揚を感じながらも、スマホを向けつづけた。

両手で持ったスマホ越しに、弓子を見る。

弓子はもう自分の世界に没入してしまったようで、浩之の存在など無視して、右手の二本指で左右の肉びらを撫でさすり、内側に曲げた親指でクリトリスを細かく刺激している。

「ぁああ、ああああうぅぅ……」

顔を大きくのけぞらせながら、悦びの声を洩らし、左手では乳首をつまんで転がしている。

次の瞬間、二本の指が膣口に潜り込んでいった。

第二関節まで押し込んで、素早く抜き差しする。そうしながら、尖ってきた乳首を押しつぶすように捏ねては、

「ぁあああ、あああああ」

感じている声を洩らす。

跳人の衣装はもろ肌脱ぎになり、たわわな乳房があらわになっていた。そして、浴衣とオコシがめくれて、翳りの底に指があわただしく出入りしている。

白い足袋に包まれた親指が反《そ》りかえり、いかに弓子が感じているかがわかる。

「ぁああ、もう我慢できない……ください。おチンチンをください」

弓子が情欲に満ちた目を向けてくる。

もっと、あらわな姿を撮りたい。浩之はペニスの代用品になるものをさがした。

格好のものがあった。サイドボードの上に何本ものコケシが立てられている。

東北は鳴子《なるこ》コケシに代表されるように伝統コケシの名産地でもある。

「そのまま、つづけているんだよ」

言い聞かせて、ベッドをおり、サイドボードの上に立てられているコケシを実際に手に取って確かめ、具合の良さそうなものを選んだ。

コケシの前に『木地山《きじやま》コケシ』と書かれた三角のネームプレートが置いてあった。

普通のコケシは頭部と胴体が分かれていて、はめ込み式になっているが、これは一本の木から造られたものらしい。長さ十五センチ、太さは直径三センチほどだろうか。頭部が胴体とほぼ同じ直径だから、張形《はりがた》に使うにはちょうどいい。

ラッキョウ形の頭部にはオカッパの髪が描かれ、目と鼻と小さな口がついている。胴体はくびれがなくまっすぐで、赤と緑の縞《しま》の着物を着ている。

人形を持って近づき、弓子にコンドームがないか訊ねると、サイドボードの下の引き出しにあると言う。

引き出しを開けて、ケースに入っていたコンドームを取り出す。ひとつの袋を破り、それをコケシにかぶせる。

「…………！」

コケシをどう使うのかを理解したのだろう。弓子が大きく目を見開いた。

「俺もきみとつながりたい。だけど、その前にもう少し色っぽいきみを撮っておきたい。これを俺のペニスだと思って、自分でしてくれないか？」

弓子は目を見開いたまま、首を左右に振る。

「頼む。どうしても、きみがこれを使うところを見たいんだ。撮りたいんだ。俺がとんでもないことを頼んでいることはわかっている。だけど、どうせするなら、行き着くところまで行ってしまいたい。弓子さんなら、わかってくれるはずだ。頼みます」

頭をさげた。

「……ほんとうは、こんなことは絶対にしない。井上さんが頭をさげるから、するのよ」

「ありがとう。すまない」

「じゃあ、それを貸して……」

コケシを受け取って、弓子はしげしげと見る。

「ゴメンね。あなたをこんなふうに使って。エッチな写真家がそうしろと言うから、仕方ないの。我慢してね」

コンドームの薄い膜に包まれた木地山コケシに語りかけて、それを乳首に擦りつけた。

ヘッドボードを背にして上体を立てている。コケシをおろしていき、開いた足の間にコケシの丸い頭部をなすりつけて、

「ぁああ……硬いわ。カチカチよ……ゴメンね。入れるよ」

弓子は前屈みになって、コケシを握る指に力を込める。コンドームに覆われたオカッパ頭が少しずつ潜り込んでいって、

「あうぅぅ……硬い。ぁあああ、入ってきた……ぁああうぅぅ」

長さ十五センチほどのコケシを半分ほど押し込んで、弓子は顔をのけぞらせる。

それから、右手で握ったコケシをゆっくりと出し入れして、

「ぁああ、気持ちいい、石頭が気持ちいい……ああ、あんっ……あんっ……」

押し込むたびに声をあげて、弓子は眉根《まゆね》を寄せる。

右手で出し入れしながら、左手で乳房を揉む。

ぐちゅ、ぐちゅと淫靡《いんび》な音がして、コンドームに包まれたコケシが見る間に濡れてくる。

その淫《みだ》らな光景を、浩之はスマホで撮影する。

縦構図で、画面ぎりぎりまで弓子を入れて、シャッターボタンをタップする。

カシャッ、カシャッとシャッター音が響き、

「ああ、撮らないで……こんなところ撮らないで……ぁああ、いや、いや……い

やだって言っているのに……ぁあああ、気持ちいい。気持ちいいのよ……ぁああ、撮って。もっと撮って……発情しているわたしを撮って……あんっ……ぁあああ、イキそう。わたし、イキそう」

弓子が潤《うる》みきった瞳を向けながら、乳首を捏ねまわしている。

浩之は近づいて、いきりたつ肉茎を弓子の口許に導いた。すると、弓子は逡《しゅん》巡《じゅん》することなく、しゃぶりついてきた。

口だけで頬張ってくる。自分からはストロークしにくそうなので、浩之が腰を振る。

弓子の小さな唇をいきりたつ肉棹が犯していき、上唇が形を変えながら表面の血管にまとわりついてくる。

ぐちゅ、ぐちゅと唾がすくいだされ、弓子が頬張ったまま見あげてきた。

「撮っていいか?」

訊くと、弓子はうなずく。

浩之はスマホの液晶画面を見る。弓子が唾液まみれの肉茎に唇をかぶせながら、スマホを見あげている。

シャッターを切って、その画像を確かめる。

スマホは一眼レフカメラと違って、すべて自動でやってくれるから、ハメ撮りをするには、むしろ向いている。もちろん、高画質を求めなければの話だ。

「ビテオで撮ってもいいかい？」

ややあって、弓子はうなずいた。やはり、自分のスマホなので画像が流出する心配がないから、大胆になれるのだ。

撮影されていることを意識すると、ほとんどの女性は最高の自分を見せようとする。

弓子は猛《たけ》りたつものを根元から舐めあげる。そうしながら、じっとスマホのほうを見ている。

さらに、裏筋の発着点にちろちろと舌をからませる。もう一度、下から裏筋を舐めあげてきて、そのまま頰張ってきた。今度はうつむいて、

「んっ、んっ、んっ……」

素早く唇をすべらせる。

深く頰張って、そこから唇を引きあげ、バキュームしながらストロークして、ジュルル、ジュルルと意識的にしているとしか思えない唾音を立てる。

根元を握りしごきながら、それと同じリズムを保って、速いピッチで亀頭冠を

吸い立てられる。

「ぁああ、ダメだ。出そうだ」

ぎりぎりで言うと、弓子は肉茎を吐きだして、

「ねえ、欲しい……これが欲しい」

とろんとした目で見あげてきた。

「そんなに入れてほしい？」

「はい……入れて。わたしを貫いて」

「寂しかったんだね？」

「ええ……ここが空虚な感じがして、どうしていいのかわからなかった。銀行の仕事をしている間にも、急にむずむずしてきて、トイレで慰《なぐさ》めていたわ」

会話の間も、スマホの動画撮影はつづき、音声はすべて画像とともに録音されている。

「もしかして、お祭りのあとも、あそこが寂しくなる？」

「……お祭りのあとは、とくに無性に寂しくなるの。だから……」

「それで、次長を受け入れてしまったんだね」

「そうよ。撮影のあとも同じ。今日もあそこが無性に寂しかった」

「わかった。もう一度しよう」

浩之はスマホのスイッチを切って、弓子が着ている跳人の衣装を脱がせた。小柄だが、胸も尻も大きく、全体にむっちりとした身体をしている。白い足袋だけは履かせておく。

シーツの上に渦巻いているピンクのタスキが、浩之の邪心《じゃしん》を誘った。

「こうしようか……両手を前に出してごらん」

両方の手首を合わせ、タスキでぐるぐる巻きにして、ぎゅっと結ぶ。

その状態で、弓子をベッドに仰向《あおむ》けに寝かせ、両手を頭上にあげさせる。足の間に転がっている、膣から押し出されたコケシをどかした。

弓子は白い足袋だけを履かされて、ピンクのタスキで両手をひとつにくくられた手を頭上にあげている。

腋《わき》をさらしたポーズが恥ずかしいのか、弓子は顔をそむけている。それでも、いやがる素振りは見せないから、くくられるのは満更《まんざら》でもないのだろう。

両膝をすくいあげて、花肉を舐めた。狭間に舌を走らせると、

「ぁあああ……」

弓子が心から感じている声をあげる。

「気持ちいい？」

「はい……蕩けちゃう。わたしのあそこが蕩ける」

唾液をたっぷりなすりつけ、膣口にちろちろと舌を走らせる。窪《くぼ》みに押し込むようにして舌をつかい、そのまま舐めあげていき、陰核にしゃぶりついた。断続的に吸い、上へ上へと舐めあげる。

「ぁああ、気持ちいい……ください。もう、我慢できない」

弓子が下腹部をせりあげてくる。

浩之は顔をあげて、いきりたちを押し込んでいく。勃起がとろとろに蕩けた肉路にすべり込んでいき、

「ぁあああうぅ……」

弓子が顔をのけぞらせた。

浩之は両膝をつかみ、開かせながら、ずりゅっ、ずりゅっと打ち込んでいく。切っ先が奥に届くたびに、

「あんっ……あんっ……」

弓子は喘ぎをスタッカートさせる。

膝を放して、覆いかぶさり、乳房を揉みしだいた。たわわなふくらみが形を変

えて、乳首がしこりたってくる。

チューッと吸い、唾液で濡れた突起を舌であやす。そうしながら、ずりゅっ、ずりゅっと屹立を押し込んでいく。

「ぁああ、あぁああぁ……いいの。いいんです……」

弓子はひとつにくくられた両手を頭上にあげた姿勢で、気持ち良さそうに身体をよじり、胸をせりあげる。

あられもなく乱れる姿を脳裏に焼きつけながら、浩之は乳房を荒々しく揉みしだき、徐々にストロークのピッチをあげる。

「あんっ、あんっ、あんっ……ぁあああ、満たされてる……なかが満たされてるの……ぁああぁ、へんになる。へんになりそう」

弓子が乳房を揺らしながら、顎をせりあげる。

「いいんだよ。へんになっていいんだ。へんになってほしい」

そう言いながら、浩之は上体を起こし、膝裏をつかんですくいあげる。弓子の腰があがり、屹立が深いところまで届く。

両膝を押さえつけながら、腰をつかった。

打ちおろして、途中からすくいあげる。

分身が膣の粘膜を擦りあげていき、奥まで届くのがわかる。届いたところで、ぐりぐりと奥を捏ねた。

するると、それがいいのか、弓子の気配が切羽詰《せっぱつ》まってきた。

「あんっ、あんっ……ぁあああ、気持ちいい……へんになる。へんになる……もう、なってる……あんっ、あんっ、あんっ……連れていって。わたしを連れていって」

弓子がぼうっとした目で、浩之を見た。

「いいぞ。連れていってあげる。一緒だ。一緒にイクぞ」

「はい……ぁあああ、ダメっ……イキそう。イッちゃう！」

「いいんだぞ。イッていいんだ。俺も出すぞ」

「ぁああ、出して……いっぱい出して」

浩之は唸りながら、つづけざまに打ち込んでいく。

知らずしらずのうちに、膝裏をつかむ指に力がこもっている。

スパートした。息を詰めて、連続して打ち据えると、浩之も一気に押し上げられる。

「あんっ、あんっ、あんっ……ぁあああ、へんよ。わたし、イッちゃう……ぁああああぁ、イクよ。イクよ……」

「イケよ！」

残っていた力を振り絞って、打ち込んだ。

「ぁああ、イク、イキますぅ……いやぁあああああぁぁぁぁぁ！」

弓子がのけぞって、がくん、がくんと震える。

駄目押しとばかりに打ち込んだとき、浩之も熱い男液を放っていた。

終わったかと思うと、また放出がはじまり、何度となくしぶく。その間も、膣のなかがうごめいて、浩之は一滴残らず絞り取られた。

打ち尽くして、がっくりして覆いかぶさっていく。

二人の胸が、競い合うように激しく波打っていた。

# 第四章　美女モデルの絶頂ポーズ

## 1

翌日から、弘前公園での撮影に入った。

桜前線が青森から北海道函館に到着するには、五日間ほどかかる。函館に早く行っても、桜花爛漫《おうからんまん》の景色は撮れない。

三日間を弘前公園の撮影に費《つい》やす予定だ。弘前公園の桜はそのくらいの時間をかけるに値する。

朝まで橋口弓子のマンションで過ごした。少しは満足してくれたのか、弓子は勤務先の銀行に行く支度をしながらも、どこか愉《たの》しそうだった。

弓子が作ってくれた朝食を摂《と》り、井上浩之は一足先に部屋を出る。

本来ならば、昨夜から泊まる予定だった、青森市内から車で一時間ほどの距離にある、弘前のホテルに向かった。

その後、車を弘前公園の駐車場に停めて、ほぼ満開だがところどころ散りはじめている桜を撮影した。

水面に浮かぶ桜の花びらが花筏《はないかだ》を作って、水濠《すいごう》の川面《かわも》をびっしりと埋めつくす花の絨毯《じゅうたん》は、見る者の心を揺さぶる。

とくに西濠《にしぼり》は見事な景観だ。両側に二百本の桜が植えられており、桜の花びらが散って、水濠がピンクの絨毯を敷いたようになる。そこを船頭が操《あやつ》る舟に乗って見物することもできる。

天気がいいので、浩之は弘前城の天守にのぼって、そこから望める岩木山《いわきさん》のなだらかで美しい稜線《りょうせん》を撮影した。

裾《すそ》を長く引く岩木山は、背景にするにはもってこいの山だ。

弘前城を出て、桜と天守と岩木山を同時に入れられる画角をさがし、写真を撮った。さらに、園内で咲き誇る様々な桜も撮影した。

だが、今は『弘前さくらまつり』の真っ只中で、観光客が多く、彼等が写真に入ってしまうので、なかなか好きなアングルで撮れない。

いったんホテルに戻り、早めの夕食を摂り、ふたたび弘前公園に向かって、夜桜を撮った。

『弘前さくらまつり』の期間は、公園の閉門は午後九時となる。閉門間際は客が減り、かなり自由に夜桜を撮影できる。ライトアップされた一本桜は、幻想的で、幽玄《ゆうげん》の世界へと引き込まれていくようだった。

閉門時間ぎりぎりに公園を出て、車でホテルに戻った。

ホテルにある温泉でゆっくり寛《くつろ》ぐ。

この撮影旅行では、ほとんどの夜を女性と過ごしてきた。それはとてもラッキーだった。この歳になるまで、これほど女性をたてつづけに抱いたことはない。今は多分、自分はそういうモードに入っているのだ。

これまで、あまり女性に恵まれた人生ではなかった。そう感じてしまうのは、おそらく高木藍子との別れが影を落としているのだ。それほどに藍子との決別は、身にこたえた。

温泉につかりながらも、藍子の面影が脳裏をよぎる。逢いたい、いや今さら……と、気持ちが揺れ動く。果たして、函館に着いたときに、自分はどんな気持ちになっているのか——。

だが、この連夜の情交は、藍子との決別によって抱いた救いのない女性不信を、拭《ぬぐ》い去ってくれた気もする。

（とにかく、今夜はゆっくり休もう……明日は早起きして、人がいない早朝に撮影したい）

そう思って、早めの寝支度をしていると、スマホに動画を添付したメールが届いた。

石田萌香からだった。

添付されてきたのは、スマホでハメ撮りしたときの映像で、

『今、どこにいるの？　浩之の撮った写真をＳＮＳにあげたら、いっぱい「いいね」をもらえたよ。先生のお蔭。サンキュー。この動画はそのお礼。寂しくなったら、エッチな萌香の動画を見て、ヌいてね』

と、記してある。

動画をじっくりと見た。浩之の上になった萌香が、腰を振っている映像だ。それを見てから、

『今、弘前公園。わかった。寂しくなったら、これを見てヌくよ。俺以外には送るなよ。動画、ありがとう』

と、メールを返した。

すぐに、ウサギのキャラクターの吹き出しに「キャハッ」と記してあるスタンプが送られてきた。

また返信しようかと迷ったが、結局、そのままスマホを閉じた。

スマホとカメラの電池の充電をはじめたとき、橋口弓子からメールが入った。

『昨夜は酒乱女につきあってくださって、ありがとうございます。お蔭で、吹っ切れました。弘前公園での撮影ですね。仕事がなかったら、つきあえたのに残念です。八月の「青森ねぶた祭」にはいらっしゃいますか？　もしいらっしゃるなら、連絡ください。昨夜はありがとうございました』

浩之はすぐにメールを返す。

『お礼を言わなければいけないのは、俺のほうです。モデル、ありがとう。いい写真が撮れた。「青森ねぶた祭」は、まだはっきりしないが、来られるようなら来ます。また、跳ねているきみを撮りたい。そのときには必ず連絡します。ありがとう。何かあったらメールください』

メールを送ると、またすぐに返事がきた。

『お祭りを愉しみにしています。それでは、撮影旅行頑張ってください。コンテストで賞が取れますように』

それを読んで浩之は、弓子のためにも、何としても賞を取りたいという気持ちが湧《わ》いてきた。

よし、明日は朝から撮影だ——。

充電が無事に行われたのを確認した後、スマホのアラームを翌朝五時に設定して、ベッドに入った。

想像以上に疲れていたのか、浩之は闇の底に沈み込むように眠りに落ちた。

## 2

翌朝、弘前公園に到着した浩之は、開門と同時に園内に入り、人影に左右されないうちに桜を撮影する。

弘前城を中心にしてひろがる公園では、ソメイヨシノ、しだれ桜、八重桜《やえざくら》など二千六百本以上の桜が花を咲かせる。樹齢百年以上の古木がいまだに元気に花開いている。

青森はリンゴの名産地である。長年培《つちか》われてきたリンゴの栽培技術が、桜の生育や管理に活《い》かされているのだという。

桜は剪定《せんてい》してはいけないものだと考えられていた。ところが、弘前公園内で弱っていた古木を強めに剪定したところ、勢いが回復した。

それ以来、公園内の桜は積極的に剪定が行われて、それが古木を生き長らえさせているらしい。

リンゴ栽培の技術を活かしているせいで、水濠の岸を飾る無数の桜も背が低く、その分、枝がひろく伸びていて、散った花びらが水濠に落ちやすくなる。

弘前公園には、桜だけではなく、水濠やそれにかかる赤い幾つもの橋、城門、櫓《やぐら》などがあって、それらを画角をひろくして入れることで、満開の桜が際立つ。

だから、浩之は、いつも弘前公園の桜は何日もかけて撮影する。

城門近くの、見事に枝をひろげているしだれ桜を撮ろうと三脚を立てていると、桜の前でひとりの女性が自撮りをはじめた。

すらりとしたモデル体形で、ストレートの長い髪が適度に顔にかかった、フォトジェニックな美人である。

自撮りを終えてから浩之に頭をさげて、スマホを差し出してくる。

「すみません。よろしかったら、これで撮っていただけませんか？」

近距離で視線を合わせた瞬間、ほぼ同時に二人は「あっ」と声をあげた。

「井上さんですか、写真家の？」

「ええ……確か、長澤《ながさわ》さんだよね」

「はい……名前を覚えていてくださって、光栄です」

「いえいえ、それはこっちの台詞《せりふ》ですよ」

じつは、三年ほど前に、仲間でお金を出し合い、モデルを雇って撮影会を開いた。そのときのモデルが長澤玲奈《れいな》だった。

今は、たしか二十九歳のはずだ。

乳首と局部は見せないヌード写真まで撮らせてもらった。すっきりした美人なのに、胸も尻も豊かで、モデルとしては満点だと感じて、撮りまくった記憶がある。

あとで、それぞれの写真を見てもらった。その際に、浩之の写真を『すごくいいです。これがいちばん好きです』と褒《ほ》めてくれた。

それがあったから、浩之も長澤玲奈の名前を覚えていた。あのときの手ブラのヌード写真は、自分のなかでも傑作のひとつで、今も部屋に飾ってある。

「スマホを貸してください。撮ります」

「すみません……写真をSNSにあげたいので」

「そういうことなら、あとで一眼レフカメラで撮って、そのデータをあげますよ」

「ほんとうですか！　ありがとうございます。ここで、井上さんにお逢いできるなんて、ウソみたい。わたし、ついていますね。わざわざ青森まで来た甲斐《かい》があったわ」

玲奈がアーモンド形で切れ長の目を浩之に向ける。

「人が来ないうちに撮りましょう。貸してください」

三眼の高性能スマホを手にして、しだれ桜をバックに玲奈を撮る。

玲奈はラベンダー色の総レースのロングワンピースを着ていた。下にも透《す》け防止用のワンピースを着ているが、胸元や腕、裾はレースのみだから、肌が透けている。

浩之は、しだれ桜の前に立つ玲奈と桜の全景を撮ってから、近づいて、ポートレートモードで彼女にピントを合わせ、背景の桜をボカす。

玲奈はプロのモデルらしく、様々なポーズをとってくれる。浩之はそれを確実にスマホで切り取っていく。

ひととおり撮り終えて、スマホで写真を再生して見せた。

「さすがだわ。わたしが撮るのとは全然違う。ありがとうございます」

玲奈が画像から目を離して、笑顔を見せる。

「このまま、俺のカメラできみを撮ってもいいかな？」

「はい、もちろん……」

玲奈が快諾した。

浩之はまずは三脚にカメラを固定して、スローシャッターで玲奈としだれ桜を撮影する。スローシャッターにしたのは、花びらが舞い落ちてくる軌跡《きせき》を撮りたかったからだ。玲奈が動くとブレるが、プロのモデルだから静止ポーズにも慣れている。

三脚を使って、様々なポーズを撮って、その後、カメラを手に持った。

近づいて、下から煽《あお》るように玲奈としだれ桜を、青空を入れて撮影する。さらには、アングルを変えて、城門も画面に入れる。

「いいよ、ここで両手で髪を梳《す》きあげて……そう、そのまま離して。そうそう。いいよ、いい写真が撮れてる」

つづけざまにシャッターを切ると、玲奈も乗ってきて、表情が豊かになり、自然と笑みもこぼれる。

やはり、プロのモデルは、撮るほどに自分を魅力的に見せる術《すべ》を知っている。

撮影を終え、カメラのモニター画面を玲奈に見せた。

「欲しかったら、あげるよ。あとで、アドレスとか教えてください」

「はい……」

「少し歩こうか」

園内を散歩し、ひとまず小さな公園のベンチに並んで腰かけた。

浩之は、桜前線の北上につれて、満開の桜を撮影するための旅をしていることを話した。自分にとっては、桜の撮影をするのがライフワークであることも告げた。

玲奈の現状を知りたくて、訊ねた。

「で、玲奈さんは?」

玲奈がおもむろに話しはじめる。

今は事務所の意向にしたがって、中年女性用のパンフレットのモデルをしたり、指がきれいだからという理由で手タレをしたりしている。二十九歳で、モデルとして脚光を浴びるには、すでに遅すぎることはわかっている。だが、スポットライトを浴びたいという気持ちは変わらない。それで、現在はSNSをやって、注目を集めるようにしている——と、胸の内《うち》を明かす。

そして、玲奈はきっぱりと言った。

「わたし、どんなことをしても売れたいんです。そうでないと、自分が生きてきた証《あかし》がないんです。だから、今回もわざわざ弘前公園まで来たのは、自撮りの写真をＳＮＳにアップして、注目を集めたいからなんです」

人気商売はいくら努力しても、人気がないとつづけられない。写真家だってそうだ。どんなにいい写真を撮っても、それが認められ、人気が出ないとつづけていくのはむずかしい。

「俺もそうだよ。コンテストに桜の写真を応募して、賞を取りたい。それもすべて、フリーのフォトグラファーとしてやっていきたいからだ」

「わかります。でも、井上さんは実力をお持ちだから、きっといつかは認められると思います」

玲奈がうれしいことを言ってくれる。

「俺は明日までここにいるけど、玲奈さんは？」

「わたしも、明日までいます」

「だったら、ちょうどいい。今日一日、モデルになってくれませんか。じつは、今回は桜と女性をテーマに写真を撮っているんです。弘前にはモデルがいなくて、桜だけ撮っていた。もし玲奈さんにその気があるなら、ぜひ……」

「やらせてください。井上さんがわたしと桜を撮った写真で賞を取られたら、わたしの名前も広く知れ渡ります。だから、やらせてください。何でもします」

「ありがとう。じゃあ、撮影をつづけよう。ただ、人が集まりすぎると、写り込んでしまうから、なるべく人のいない時間に撮りたい」

「じゃあ、今じゃないですか」

「そう、今と、あとは閉園時間ぎりぎりの夜桜ですね」

「すぐに撮りましょう」

「よし、休んでいる暇はないな」

「はい」

玲奈が立ちあがり、浩之も腰を浮かした。

昼食と夕食を園内の食堂で摂り、閉門時間ぎりぎりまで、夜桜と玲奈を撮影した。

予想に反して人出もけっこうあり、お化け屋敷なども設置されていて、お祭りの気分を盛りあげている。

様々な写真を撮ったが、ライトアップされた幻想的な桜と玲奈は、とくにマッチして、自分でも妖艶《ようえん》な写真を撮影できたと感じた。

閉園時間になって、玲奈は弘前公園から少し離れたところに宿を取っていたので、送っていくことにした。

玲奈は様々な衣装を持ってきており、夜は色気たっぷりのタイトフィットしたニットのミニワンピース姿で撮影した。その余韻《よいん》で、今も助手席に座った玲奈をひどく艶《なま》めかしく感じてしまう。

十五分ほどで玲奈の泊まっている旅館に到着した。土塀《どべい》で覆《おお》われた旅館は、外装ひとつ取っても、洗練された平屋の和風の建物で、いかにも宿泊代が高そうだった。

旅館の前で車を停めると、玲奈が言った。

「ひとつ、頼みたいことがあるんですけど」

「何？」

「今、泊まっているお部屋、部屋付きの露天風呂があるんです」

「すごいな、露天風呂のついた部屋なんて、泊まったことがないよ」

「それで……わたしが部屋付き露天に入っているところを撮ってもらえません

か？　自撮りもしたんだけど、なかなか上手くいかなくて。ＳＮＳにあげるために奮発してここにしたのに……それに、露天風呂のある庭には桜も咲いているし……井上さん、桜と女性をテーマに撮っているとおっしゃっていたでしょ。あそこなら、外から見えないし、きっといい写真が撮れると思うんです」

そう言って、玲奈が浩之を見る。

浩之の気持ちは大いに揺さぶられた。

やはり自分は今、女と桜を撮るモードに入っている。神様が賞を取らせてやると物事を動かしてくれているのだ。そうでなければ、こんなにたくさんの女性との出逢いはない。普通では考えられないことが起きている――。

このチャンスをつかみ取らなければ、自分は永久にフリーの写真家にはなれないだろう。

「それは是非とも撮りたい。だけど、ヌードをさらしてもいいのかな？」

「ええ……桜と女体って、幻想的でいいと思うんですよね。その写真で、井上さんが賞を取ったら、わたしもモデルとして評価されるかなって」

「……覚悟はあるんだね？」

「もちろん。それに、井上さんには三年前に裸を見られているし……」

「わかった。撮らせてほしい」

「じゃあ、車を駐車場に入れてください」

浩之は言われるままに、愛車を旅館の駐車場に停めて、二人で車を降りる。ステーションワゴンのドアを開け、カメラ機材を肩にかけて、部屋に向かう。

意気込んで、玲奈のあとをついていく。

そこは、二間つづきの和室と広縁《ひろえん》のついたひろい部屋で、広縁のサッシの向こうには、湯けむりを立てる岩風呂があり、それを囲むように二本のしだれ桜がライトアップされていた。

「すごいな。理想的だ」

「そうでしょ？　それに、この旅館は平屋造りだから、上から覗《のぞ》かれる心配はないしね。そこまで計算して、ここを取ったのよ」

「さすがだ。どうする、少し休む？」

「休憩すると、疲れが出てしまうから、わたしとしては、一気に撮ってほしいかな」

「わかった。そうしよう」

浩之がカメラの用意をしている間に、玲奈は服を脱ぎはじめた。

3

ミリタリージャケットをはおった浩之は、湯船につかっている玲奈のヌードをフラッシュを焚《た》かずに撮影していた。

湯けむり越しに、お湯から肌が透けだしている玲奈を撮る。

シャッター音を響かせるたびに、玲奈は乗ってきて、ますます大胆になる。湯船から立ちあがり、手ブラをして、もう片方の手で股間を隠している。

温泉で温まった色白のすべすべの肌がお湯でコーティングされて、淡い行灯風《あんどんふう》の明かりに浮びあがっていた。

乳首と股間をさらしてしまったら、コンテストに出す作品にはならないこともわかっているのだ。こちらもアングルを工夫してギリギリそれらが写り込まない角度を狙っている。

みずみずしい女体の後ろには、枝をひろげたしだれ桜が咲き誇り、女体との対比が素晴らしく、とても幻想的である。

「桜に近づいていい？」

玲奈が言う。

「ああ、いいよ。桜の下で撮ろう」

そう答えると、玲奈は湯船を出て、満開の桜の下でポーズをとる。

舞い散る桜の花びらを両手で受ける。乳首も陰毛も見えてしまっているが、しようがない。

やがて、玲奈は手ブラをして太腿をよじり合わせ、幹の前に立ち、カメラを強い視線でにらんでくる。

シャッターを切ると、玲奈はその音に駆《か》り立てられるように、顔をのけぞらせる。

玲奈の官能的なポーズに浩之の股間が反応する。尻を後ろに突き出して、乳房を隠しながら、両手を頰《ほお》に添えて、微笑《ほほえ》みかけてくる。上に向かった照明を斜め前から受けて、お湯でコーティングされた肌が妖《あや》しい光沢を放っている。

それから、横を向いて、腰を後ろに突き出しながら、手ブラで胸を隠し、顔をねじるようにしてカメラを見る。

「いいよ。すごくエロチックだ。桜と女体の出逢いだな」

浩之は限られた照明の下で、シャッター速度とF値を決め、半押しでピントを合わせて、シャッターを切りつづける。

玲奈が桜の幹に抱きついて、こちらを見る。

女体と桜の饗宴《きょうえん》に酔いながらも、シャッターを切りつづけた。とにかく、デジタル時代の写真家はたくさん撮ることが肝要だ。

玲奈は幹の後ろに隠れて、顔だけ出す。しかし、熟《う》れた裸身が幹からはみ出してしまっている。

そんな玲奈の肌に、散った桜の花びらが付着する。絶好のチャンスを逃さずに、シャッターを切った。

(絶対にいい写真になる)

いろいろなポーズで、女体と満開の桜の出逢いを撮りつづけた。

撮るべきポーズはすべて撮って、

「ありがとう。いい写真が撮れた。冷えただろう、お湯につかっていいよ」

そう言うと、玲奈が寄ってきて、耳元で囁《ささや》いた。

「井上さんも一緒につかりましょうよ。部屋付き露天は初めてだと言ってたでしょ。大丈夫、何もしないから」

「……わかった。玲奈さんはお湯につかっていていいから」

浩之は期待を込めて、カメラを部屋に置き、着ているものを脱いだ。

タオルで股間を隠して庭に出た。かけ湯をし、岩風呂に体を沈める。すると、玲奈がお湯のなかを近づいてきて、すぐ隣に腰をおろした。

二人とも桜を見ながら、お湯につかっている。

ほぼ満月に近い月が中空にかかり、空いっぱいに星も見えている。だが、どうしてもお湯から透けでる玲奈の肌が気になってしまう。

「わたし、良かったですか？」

玲奈が訊《き》いてきた。

「ああ、すごくファンタスティックでエロチックな写真が撮れた。魔界に引き込まれたようだった。ありがとう。あとで見せるよ」

「絶対にいい写真が撮れると思っていたわ。だって、二人がここで偶然、出逢うなんて、これはもう運命じゃない？」

「そうだな。俺もそう感じた」

急に無口になった玲奈がお湯のなかで、右手を伸ばしてイチモツを触る。撮影の途中から、それは力を漲《みなぎ》らせていた。だが、撮影には冷静さが必要だ。それで、我慢してきた。

「井上さん、恋人はいるの？」

「いや、いない……玲奈さんは？」

「いないわよ」

「ええっ、きみのような美人にボーイフレンドがいないとは、信じられない」

「ほんとうよ。実際、いないの。わたし、モデルとしては賞味期限切れ寸前だから、男に溺《おぼ》れている時間はないの。ほんとうに彼氏はいないから、井上さん、そういうことに気を使わなくていいわよ」

「そういうことって？」

「こういうことよ」

玲奈はお湯のなかで、いきりっているものを握ってしごき、向かい合う形で浩之の伸ばした足をまたいだ。

乳房の位置があがり、濃いピンクに色づく乳首がお湯からのぞいた。粒立った乳輪から、乳首が頭を擡《もた》げている。

玲奈が屹立《きつりつ》を放して、顔を寄せてきた。

甘やかな吐息《といき》とともに、唇が合わされる。玲奈は肩につかまって、チュッ、チュッとついばむようなキスをする。

いったん浩之の様子をうかがい、いやがっていないことがわかると、ふたたび唇を合わせてくる。

柔らかな唇となめらかな舌の感触が下半身にも及び、それがギンとしてくる。玲奈はキスをしながら右手をおろしていき、お湯のなかで勃起《ぼっき》を握った。ゆっくりと上下に擦《こす》りながら、情熱的なキスを浴びせてくる。

どちらからともなく舌を求めて、からめていた。

玲奈は右に左に顔の角度を変えながら浩之の舌を吸い、もてあそび、お湯のなかの屹立を徐々に強くしごきはじめた。

浩之が乳房をつかむと、玲奈はますます激しく唇を合わせ、舌をからませる。

そうしながら、腰を揺すって、太腿に擦りつけてくる。

ヌードの写真を撮っているときも、度胸がすわっていて、こちらが驚くようなポーズをとる。その思い切りのよさに魅了されて、思わずシャッターを切らされていた。

セックスでも、その大胆さは変わらない。

男性週刊誌の熟女グラビアでも撮れば、人気が出るのではないか……そう思いつつ、長いキスを終えて、玲奈の乳首にしゃぶりついた。

上側の斜面を下側の充実したふくらみが持ちあげたような、男をそそる形をしていた。おそらくDカップくらいだろう。

グラビア読者の好きな巨乳ではないが、形がいい。美乳といっていいだろう。モデル体形だから、この乳房はちょうどいい。

浩之は目の前にせまる左右の乳房を揉《も》みしだき、量感と柔らかさを味わう。そうしながら、赤く色づいてきた右の乳首に舌を走らせる。

見る見るうちにせりだしてきた突起をゆっくりと上下に舐《な》め、小刻《こきざ》みに左右に弾《はじ》き、かるく吸う。

「はぁぁああ……」

玲奈が肩につかまりながら、のけぞった。

浩之はもう一方の乳首にも舌を走らせ、片方の乳房を揉みしだく。そして、ふたたび右側の乳首にしゃぶりつく。

それを繰り返すうちに、玲奈は抑えた喘《あえ》ぎを長く伸ばし、湧きあがった性感をぶつけるように腰をくねらせる。

「もう我慢できないの。入れてもいい？」

玲奈がぼうっとした目をして訴えてくる。

「いいよ」

言うと、玲奈はお湯のなかで握った屹立を導き、腰を振って、擦りつけた。位置を定めて、慎重に沈み込んでくる。

いきりたちがぬるりと玲奈の体内にすべり込んでいき、

「ぁあああ……入ってきた」

玲奈はすっきりした眉《まゆ》を八の字に折って、悩ましい表情を見せた。

もう待ちきれないとでもいうように、腰を揺すりはじめる。

両手を浩之の肩に置いて、少しのけぞるようにして、腰を前後に振った。

とても窮屈な女の筒《つつ》が、イチモツを激しく前後に揺さぶりながら、締めつけてくる。

浩之はうねりあがる快感をこらえて、前を見る。

気持ち良さそうにのけぞる玲奈の顔の向こうに、ライトアップされたしだれ桜が頭《こうべ》を垂れている。

魔境という言葉が脳裏に浮かんだ。

頭を垂れるしだれ桜の下には、魔物が棲《す》んでいるに違いない。人が決して足を踏み入れてはいけない裏の世界があるのかもしれない。

「ぁあ、ぁあああ……気持ちいい。気持ちいいの」

目の前では、玲奈が顔をのけぞらせながら、さかんに腰を動かしている。そのたびに、無色透明な露天風呂の水面が波立ち、白い湯けむりも揺れる。

浩之は乳房を揉みしだきながら、玲奈の腰に手を添えて、動きを助ける。

「ぁあああ、あああ……止まらない。腰が勝手に動くの……突いて。突きまくられたい」

玲奈が訴えてきた。

「そこの縁《へり》につかまり、お尻を突き出して」

浩之は指示をする。

玲奈はみずから結合を外し、しだれ桜を見る形で岩風呂の縁に両手を突いた。

背中を押すと、ヒップがぐいと突き出される。

発達したヒップはウエストがくびれているせいで、いっそう豊かに見える。

温められてピンクに染まった尻は銀杏《いちょう》の葉みたいにひろがって、まとまった陰毛からもお湯がしたたっている。

ちょうどそのとき、一陣《いちじん》の風が吹き、しだれ桜の花びらがはらはらと舞って、数枚が玲奈の黒髪や背中に付着した。

シャッターチャンスだった。

「ゴメン。この姿勢のまま、待っていてくれ。カメラを持ってくる」

言い聞かせて、部屋に戻った。急いで一眼レフカメラを持って風呂場に取って返し、花びらの散っている黒髪と背中を狙った。

この間に、さらに花びらの数が増えていた。

「きみの髪と背中についた桜を撮るよ。そのまま、動かないで」

上から撮り、さらに、風とともに舞い落ちてくる花びらを、下からのアングルでスローシャッターにして撮る。

モニターに再生されたのは、数枚の花びらが女体に向かって散ってくる幻想的な光景で、これまでには見たことのない写真だった。

「ありがとう。いいシーンが撮れた」

浩之はカメラを洗い場の濡れないところに置き、ふたたび玲奈の後ろに立った。

いきりたつものを押し当てて、ゆっくりと腰を進めると、分身が尻たぶの底に潜り込んでいって、

「はうぅぅ……！」

玲奈が顔を撥《は》ねあげる。

照明に浮かびあがるしだれ桜を見ながら、二人は獣《けもの》のように交わった。

温泉、女、桜——これ以上の至福をもたらす組み合わせが他にあるとは思えない。もしこの撮影旅行に出なければ、一生味わえなかったかもしれない。何事も意志を貫《つらぬ》いて、やりつづけることが大切だと思った。

意志を持たない男には、こういう僥倖《ぎようこう》は訪れないだろう。ただ待っているだけでは、運命の女神は微笑まない。

魔境に片足を突っ込みながら、目の前の、現実の女体に打ちこんでいく。

徐々にストロークを強くすると、

「ぁああ、すごい……あっ、んっ、んっ……」

玲奈は声を押し殺しながら、柔軟な背中をしならせる。

浩之は横から右手をまわりこませて、乳房をとらえた。お湯ですべる乳肌を揉みしだきながら、後ろからぐいぐいとえぐり込んでいく。

「ぁああ、あああ……気持ちいい……んっ、んっ、響いてくる。ずんずん響いてくる……ぁああ、子宮が揺れる」

玲奈が裸身を前後に揺らせて、言う。

浩之は右手を後ろに持ってきて、引っ張りながら、つづけざまに叩き込んだ。

見る見る玲奈の気配が変わった。

「んっ、んっ、んっ……イキそう。わたし、もうイク……！」

「いいよ。イッていいよ」

「ぁああ、あんっ、あんっ、あんっ……イクよ、イッちゃう！」

玲奈がさしせまった声を放つ。

浩之がつづけざまに叩き込んだとき、

「……イクぅ……うはっ！」

最後に激しい声を放って、玲奈はがくん、がくんと背中を躍らせ、立っていられなくなったのか、腰が抜けたようにお湯に身体を沈めた。

4

五分後、浩之は和室に敷かれた布団の上で、玲奈の形のいい乳房をまさぐっていた。

お湯からあがってすぐの裸身は、いまだに火照《ほて》っていて、肌はすべすべで、乳房に触れていても、自分の指が気持ちいい。

直線的な斜面を下側の充実したふくらみが支えている理想的な乳房を揉みしだ

き、先端に舌を走らせる。

赤い乳首をゆっくりと上下に舐め、横に弾く。それを繰り返しながら、もう一方の乳首を指で捏《こ》ねた。

乳首は男のペニスと同じで、触れば硬くしこってくる。そして、硬くなった突起を愛撫すれば、女は桃源郷《とうげんきょう》へと足を踏み入れる。

左右の乳首への丁寧《ていねい》な愛撫をつづけていくと、快感が全身へとひろがったようだ。玲奈は喘ぎを長く伸ばして、スレンダーだが、出るべきところは出た裸身をくねらせる。

浩之は乳首を舌であやしながら、右手を下腹部に伸ばした。

柔らかな繊毛《せんもう》の奥に、そぼ濡れた女の花が息づいていた。そこに指を走らせると、ぐちゅっと割れ、内部のぬかるみに指が触れて、

「ぁあああうぅぅ……！」

玲奈が顔を大きくのけぞらせる。

乳首を指で転がしながら、右手でぬかるんだ狭間《はざま》をなぞり、あふれだした蜜を上方のクリトリスになすりつけ、突起を円を描くように刺激する。

「ぁあああ、いいの……」

玲奈が恥丘をせりあげて、濡れ溝を擦りつけてくる。

浩之は身悶《みもだ》えしている玲奈の顔を見る。

長い黒髪が散って、首すじや肩にかかり、美しい顔が快美そのままに表情を変える。

浩之はこの顔を撮りたいと思った。

目鼻立ちのくっきりした美貌に性の悦びを漲らせる一瞬を、写真にとどめて永遠にしたい。

「きみのこの顔を撮りたい。撮らせてくれないか？」

思いを告げた。

「撮ってほしい。でも……」

「流出が怖い？」

「はい……」

「大丈夫。絶対に他人には見せない。心配だったら、データを預けるから、きみが管理すればいい。俺を信じてくれ」

「……わかったわ。井上さんを信じます」

テーブルに置いてあったカメラをつかんで、上から玲奈の上半身を狙う。

「できたら、自分でしてくれないか。バストアップにするから、下半身は見えない。きみの恍惚《こうこつ》としている顔を撮りたいんだ。そのプロセスも撮りたい」

そう浩之は言う。

「わかりました。オナニーすればいいんですね？」

「ああ、人にオナニーを見せる羞恥心《しゅうちしん》を撮りたい。だが、下半身は撮らない」

うなずいて、玲奈は、おずおずと両手を翳《かげ》りの底へと伸ばしていく。

浩之は照明をひとつ点《つ》けて、部屋を明るくした。フラッシュは焚きたくない。このくらいの明かりがないと、画面がどうしても暗くなってしまう。

一糸《いっし》まとわぬ姿で仰臥《ぎょうが》している玲奈の下半身をまたぎ、上から狙う。

ブレが怖いから、シャッター速度を優先にして、ＩＳＯ感度も高める。

自分の影が入らないところで、カメラをかまえた。

玲奈は静かに恥肉をなぞり、もう一方の手で乳房を柔らかく揉みながら、浩之の下腹部を見ている。

浩之も裸で、股間から肉茎がそそりたっている。その肉柱を下から見あげながら、玲奈は乳房を揉みはじめる。

浩之のいきりたちを熱のこもった視線で見つめながら、乳房を揉みしだいていたが、自分の世界に没入したいのか、目を閉じて乳首を指でなぞりはじめた。尖《とが》っている乳首を指で挟むようにして、つまんでは放し、

「あっ……！」

と、抑えきれない声を洩《も》らす。

その瞬間にシャッターを切って、喘いでいる顔をとらえる。カシャッ、カシャッとシャッター音が響くと、玲奈は恥《は》ずかしそうに顔をそむけた。

しかし、大きく横を向きながらも、手の動きは止まらない。

激しく乳房を揉みしだき、もう一方の手では翳りの底をなぞって、

「ぁあぁっ……！」

顎《あご》をせりあげる。

眉根をぎゅっと寄せて、唇を嚙《か》んでいる。

また乳首をいじり、

「ぁあぁうぅぅ……」

悩ましく喘いで、それを恥じるように唇を嚙んだ。

移りゆく表情を、浩之はカメラにおさめていく。縦位置のバストショットで撮っているから、乳首をいじる指づかいも、のけぞる顔も入っている。

見ると、下腹部に伸ばした手指の動きも徐々に活発になって、今はクリトリスを中指で細かく叩いている。

指でクリトリスを円を描くようにまわし揉みすると、性感が高まったのか、

「ぁあああ……いや、撮らないで……」

口ではそう言いながらも、指づかいは激しさを増している。

顔を必要以上に大きくそむけながら、乳首をねじり、手のひら全体で花芯を荒々しく擦って、

「ぁああ、あああぁ……井上さんのそれが欲しい」

浩之の下腹部から鋭角にそそりたっているものを、情欲に満ちた目で見る。

「すぐにあげるよ。だけど、きみがイッてからだ。昇りつめるところを撮りたい。すごく色っぽいよ。もっと気持ち良くなっていいんだ」

そう言って、浩之はライブビューモードに切り換え、液晶モニターを見る。カメラの背面のモニターには、玲奈の身悶えする様子がくっきりと映っていた。

液晶モニターを眺めて、シャッターを切りながら、下半身にも視線をやる。

中指が翳りの底に押し込まれて、

「くっ……！」

玲奈が低く呻《うめ》いた。

「ぁああ、いやっ……恥ずかしい。撮らないで……撮ってはいや……ぁあああうううう……」

玲奈はそう言いながらも、中指を抜き差しして、乳房を強く揉みしだく。

ぐちゅと淫靡《いんび》な粘着音がして、玲奈の足が開いた。片方の膝《ひざ》を立てて、閉じたり開いたりしながら、中心を激しく指で抽送《ちゆうそう》すると、

「ぁあああ、イクわ。イク……」

ぐぐっと顎をせりあげた。

浩之はのけぞった顔を上からとらえる。ぎゅっと目を閉じて、すっきりした眉を八の字に折り、ルージュののった唇を開き、

「ぁあああ……」

と、声をあげる。

長い睫毛《まつげ》が印象的な表情を上から撮影する。

カシャッ、カシャッ、カシャッと連続して撮ると、その音にせきたてられるように、玲奈はぎりぎりまで顔をのけぞらせた。

今はもう正面を向いている。

「いいよ、イッていいよ」

最後の一線を越えさせようとして煽《あお》る。

今にも泣きださんばかりに顔をゆがめた玲奈が、中指を動かしながら、内側に折り曲げた親指でクリトリスを刺激する。その昇りつめる寸前の顔をとらえて、シャッターを切る。

「ぁあああ、イキます……やぁあああぁぁ!」

玲奈は嬌声《きょうせい》を張りあげて、いっぱいに顔をのけぞらせた。

直後に、伸ばしていた膝を曲げて、自分の身体に引き寄せながら、がくん、がくんと震えた。

その気を遣《や》る瞬間を連写して、カメラにおさめる。

がっくりした玲奈は身体を横臥《おうが》させて、はぁはぁと荒い息をしている。その脱力した姿も撮影した。昇りつめたあとに女性が見せる、このすべてを放棄《ほうき》した姿は男をそそる。

しばらくぐったりしていた玲奈は、上体を起こして、浩之をぼうっとした目で見た。

布団に立っている浩之の前まで近づいてきて、正座の姿勢から腰をあげ、いきりたつものをそっと握った。

見あげて、浩之にじっと視線を向ける。

浩之がうなずくと、玲奈は顔を寄せて、いきりたつ肉茎を浩之の腹に押しつけ、裏のほうに舌を這《は》わせる。

アイスバーを舐めるように、長い舌をいっぱいに出して、美味しそうに裏筋を舐めあげてくる。

舌でなぞりあげながら、ちらりと浩之を見た。

浩之はカメラをかまえて、シャッターを切る。

液晶モニターを見ながら、玲奈の顔を撮る。すると玲奈は、薄く微笑みながらペニスを舐めあげてきた。

気を遣ったことで、羞恥心が薄くなったのだろう。

むしろ、自分の痴態《ちたい》を撮られるのを、愉しんでいるような気配さえ感じられる。もともと、モデルで被写体になるのは慣れている。撮られることに喜びを感じないと、やっていけない職業だ。

一時の羞恥心が薄れて、モデルであることの快感が勝ったのだ。

上を向いて、亀頭冠《きとうかん》の真裏をちろちろと舐める。

それから、頬張ってきた。浅く咥《くわ》えながら、上目づかいでカメラ目線を送ってくる。髪をかきあげるような仕種《しぐさ》も見せる。

モデルとしての意識を女の本能が打ち消したのか、目を伏せ、唇をひろげて屹立を半ばまで頬張った。

フェラチオに集中し、ゆっくりと唇をすべらせる。それから、舌をからませてきた。

よく動く舌を裏のほうに擦りつけるようにして、刺激してくる。チューッと吸い込みながら、顔を打ち振った。

ジュル、ジュルルと唾音がして、玲奈は徐々に深く頬張ってくる。ついには、根元のほうまで唇をすべらせる。

深く咥えて、ぐふっ、ぐふっと噎《む》せた。だが、いさいかまわず奥まで咥えて、顔の角度を変えた。すると、亀頭部が頬の内側を突いて、片方の頬《ほ》っぺたがオタフクのようにふくらんだ。

そのまま、ちらりと見あげて、微笑んだ。

無様《ぶざま》に変形した顔をカメラにおさめる。

玲奈は屹立を斜めに頬張る。顔を振るたびに頬っぺたのふくらみが移動する。

亀頭冠が頬粘膜を擦っていく快感がうねりあがってきた。

物理的な快感だけではない。

玲奈のようなととのった美貌の女が、顔が醜くなるのを承知の上で、ハミガキフェラをする。そして、その顔を撮られるのを認めている。

自分の醜態《しゅうたい》をさらすことに、ひそかな悦びがあるのだろうか。それだけ、浩之を信頼してくれているのだろうか——。

玲奈はもう一方の頬も亀頭部でふくらませ、ずりゅっ、ずりゅっと頬の内側を擦りつけてくる。

浩之は枝垂《しだ》れ落ちる黒髪をかきあげてやり、本来は美しいのに、オタフクのようになっている顔を撮影する。

ハミガキフェラを終えて、玲奈はまっすぐに頬張ってきた。大きく顔を打ち振りながら、髪をかきあげて、浩之を上目づかいで見る。

シャッターを切って、その表情を撮る。

液晶画面には、撮ったばかりの写真がしばらく残る。浩之の肉棹《にくざお》が半分ほど見えている。そして、それに唇をかぶせながら、上目づかいをする玲奈は、もともと美貌であるがゆえに、その変化が男心を揺さぶる。

玲奈は右手を動員して、茎胴全体を握り込んできた。強めにしごきながら、いっぱいに舌を出して、尿道口をちろちろとくすぐってくる。

玲奈のような美人は、それなりの行動をしようと、自分で制限をかけてしまうものだ。しかし、今、玲奈は外見上の美よりも、本能を優先している。

そのことが、浩之にはうれしい。それに、自分の痴態をさらす玲奈は、澄《す》ましているときよりもずっと魅力的だ。

玲奈は位置をずらして根元を握り込み、強くしごいてくる。そうしながら、唇を途中までかぶせて、

「んっ、んっ、んっ……」

小刻みに顔を振って、亀頭冠を攻めてきた。

ジーンとした痺《しび》れにも似た快感がふくれあがってきて、撮影する集中力が薄らぎ、身を任せたくなる。

それがわかったようで、玲奈はここぞとばかりに追い込んでくる。

ぎゅっ、ぎゅっと肉茎を指で擦りながら、速いリズムで顔を振って、亀頭冠を攻めたててくる。

ぐわっと陶酔感《とうすいかん》が押しあがってきて、このまま射精したくなる。浩之はそれに

身を任せようとした。だが、それでは玲奈が満足しないだろう。

玲奈の動きを止めさせて、腰を引き、口腔《こうこう》から分身を抜き取った。

ぼうっとしている玲奈を布団に仰向《あおむ》けに寝かせた。

いったんカメラを置き、両膝をすくいあげる。

赤い粘膜をのぞかせた膣口《ちつぐち》にいきりたちを押し込んでいくと、

「ぁあああ……！」

玲奈が両手を頭上にあげて、のけぞった。

形のいい乳房も腋《わき》の下もあらわにした格好で、イチモツを受け入れて、すっきりした眉を八の字に折った。

浩之は覆いかぶさっていき、唇にキスをする。

唇を重ねながら、腰を躍らせる。玲奈は貫《つらぬ》かれながらも、浩之を抱きしめ、貪《むさぼ》るようにキスをする。二人の舌がからまって、唾液が混ざり合う。

キスをやめて、乳房を揉み込んだ。

片手で胸のふくらみを変形するほどに揉みしだき、腰を打ち据《す》える。切っ先が奥へ届くたびに、

「んっ、んっ、んっ……ぁあああ、いいのよぉ」

玲奈は乳房を波打たせながら、顎をせりあげる。

浩之は乳房にしゃぶりつき、尖っている乳首を丁寧に舐め転がす。それから、腋の下に顔を移し、きれいに剃毛《ていもう》された腋窩《えきか》にキスをして、舌を這わせる。

腋から二の腕へと舐めあげながら、屹立を打ち込んでいく。

「ぁあああ、気持ちいい……気持ちいいのよぉ……ぁあああ」

と、玲奈は声を震わせる。

何度もそれを繰り返して、浩之は上体を起こす。そばに置いてあった一眼レフを持ち、

「悪いけど、自分の足をつかんでくれないか。そう、そのまま膝を曲げて、開いて……」

玲奈は言われたとおりに、曲げた膝をつかんだ。

「そのままだよ」

浩之はライブビューモードのまま、カメラをかまえた。液晶画面に映っている玲奈を見て、ピントを合わせる。

ハメ撮りはファインダーを覗くより、液晶モニターを見ながらのほうがやりやすい。

画角をひろげて玲奈の上半身を入れながら、猛りたつものをぐいと押し込んだ。切っ先が奥に届き、

「はうぅぅ……！」

玲奈が顔をのけぞらせる。その瞬間を、高速のシャッタースピードで切り取っていく。

ぐいと打ち込んで、カシャッ、カシャッとシャッターを切る。

玲奈は自分で膝をつかんでいる。そして、打ち込まれるたびに、

「ぁああっ……！」

喘いで、顔をのけぞらせる。

この体位であれば、両手を使えるからハメ撮りをしやすい。途中から、多少のブレはどうでもよくなった。ブレたらブレたで、かえって臨場感が増す。

ズンッと強く打ち据えて、「あはっ」と顎をせりあげる玲奈——。

乳房が縦に揺れ、性感の高まりを表すように、玲奈の表情が切羽詰《せっぱつ》まってくる。顔を右にねじったり、反対に左を向いたりする。

黒髪が揺れて乱れ、顔も刻一刻と変化する。

写る範囲をひろげたので、自分でつかんだ両膝まで画面に入り込む。ハの字に開いた足とそれをつかむ両手、そして、下腹部にわずかにI字に残された繊毛も確実に入っていた。

浩之はアングルを少し変えて、挿入《そうにゅう》部分も画面に入るようにする。下腹部に焦点を当てて、ゆっくりと抜き差ししながら、シャッターを切る。液晶モニターには、翳りの底に浩之の肉柱が出入りする様子が映っている。奥まで没しているものや、途中まで肉棹がのぞいている写真もある。

浩之は抜き差しを調節しながら、結合部分を撮った。

ぐちゅ、ぐちゅと音がして、勃起が出入りし、それに左右にひろがった陰唇《いんしん》がからみついている。透明な愛蜜がすくいだされて、膣口がぬめ光っている。

「玲奈さん、胸を触って」

言うと、玲奈はおずおずと乳房を揉みはじめた。

ぐいっと鷲《わし》づかみにして、「ああっ」と顔をのけぞらせる。

「カメラを見て……早く！」

「はい……」

玲奈はカメラを潤《うる》みきった目で必死に見つめる。そうしながら、乳房を揉みしだく。

　両手で手ブラしながら、カメラに熱い視線を向ける。

　浩之がつづけざまに叩き込むと、

「んっ……んっ……んっ……」

　玲奈はカメラを見ていられなくなり、顔をのけぞらせて、甲高《かんだか》く喘いだ。

「カメラを見て」

「はい……」

　陶酔しているような声を出して、玲奈はまた視線を向けてくる。シャッターを切りながら、強く打ち込んだ。

　玲奈は懸命にカメラ目線を送ってくる。

「気持ちいいだろ?」

「はい……気持ちいい」

「自分のあさましい姿を撮られるのは、どんな気持ち?」

「恥ずかしいわ……だけど、いいの。すごく、昂奮する。自分をとことんさらしている気がする」

「そうだ。すべて、さらしてしまえばいいんだ。澄ましているより、今のきみのほうがずっといい。最高だ。もっとさらしていいんだよ」

「はい……ぁあああ、あああぁ……イキたいの。イカせて……」

「いいんだよ。撮られながら、イッていいんだよ」

浩之は左手をカメラから離して、乳房を荒々しく揉みしだく。無残に形を変える乳房を、玲奈の顔とともに撮る。

「ぁあああ、もっと。もっとして……わたしをメチャクチャにして」

玲奈は乳房を揉みしだき、両膝を折り曲げた格好で、カメラに熱い視線を送ってくる。浩之がたてつづけにピストンすると、

「あんっ、あんっ、あんっ……ぁあああ、すごい。奥まで響いてくる。ああぁ、イキそう。わたし、またイク！」

玲奈は両手でシーツを鷲づかみにして、必死にカメラを見ている。

「そうだ。そのまま、カメラを見つづけるんだよ。最高の写真が撮れてる」

浩之は腰を打ち据えながらも、シャッターを切りつづける。

カシャッ、カシャッ、カシャッ——。

シャッター音が響き、玲奈はカメラ目線を送りつづける。目を細めて、潤みきった瞳を向けながら、

「ああぁ、イクわ……イク、イク、イッちゃう！」

「いいんだよ。イッて……イキ顔を撮りたい」

浩之は激しく腰をつかった。左手で玲奈の足をつかんで引き寄せ、右手だけでカメラを支えて連写する。おそらく、写真はブレブレだろう。もちろんブレたっていい。

ハメ撮りしながら、玲奈をイカせたい。

「んっ、んっ、あっ……ぁあああ、イクわ。イッちゃう……！　いやぁあああああぁぁ！」

絶頂の声を響かせて、玲奈はのけぞり返った。

止《とど》めとばかりに打ち込んだとき、浩之も男液をしぶかせていた。

男液を受け止めながら、玲奈は痙攣《けいれん》していたが、やがて、ぐったりして、微塵《みじん》も動かなくなった。

放出を終えて、穏やかな顔で横たわっている玲奈を撮る。情事のあとの純真無垢《む》《く》な姿を、浩之は途轍《とてつ》もなく官能的だと思った。

# 第五章　歳の差夫婦のネトラセ性活

## 1

翌朝、井上浩之は愛車とともに青森から津軽海峡フェリーに乗り、三時間半ほどの航海を経て、北海道の函館に到着した。

その後、すぐに北斗市《ほくとし》に車で向かう。

北斗市には、法亀寺《ほうきじ》のしだれ桜や、松前藩戸切地陣屋跡《まつまえはんへきりちじんやあと》の桜並木がある。

今日のうちに、北斗市でその二カ所、明日は函館の五稜郭《ごりょうかく》、明後日は松前町の松前公園で桜を撮る予定だ。

北海道に足を踏み入れたときから、高木藍子のことが気になっていた。

明日は早朝の人出が少ないときに、五稜郭の桜を撮り、その後、函館赤レンガ倉庫内のショップに勤めているのではという藍子をさがすつもりだ。

運良く見つかり、藍子が応じてくれたなら、じっくりと話をして、自分の彼女に対する気持ちを確かめたい。

藍子のことは気になるが、今日はとにかく北斗市での撮影に集中しよう。

フェリーに乗っている間、今回の旅で撮影した写真をずっと見ていた。山本紀美子と長澤玲奈の裸身を、桜とともに撮った写真は、これまでにはないくらい幻想的で斬新《ざんしん》だった。

これで、今回の撮影旅行は成功したような気がする。桜と女体という今回のテーマは間違っていなかった。しかし、まだもうひとつ、何かが足りない気もする。それが見つかればいいのだが……。

愛車で北斗市に向かい、まずは法亀寺のしだれ桜を撮る。

毎年、この一本桜を撮りに来る。

境内《けいだい》にある一本桜は、推定樹齢三百年で、高さは十二メートルもある。枝が横にひろく伸びていて、褶曲《しゅうきょく》しながらしだれ落ちる枝に無数の花がついている。

重そうに頭《こうべ》を垂れる姿は、一見《いっけん》けなげだが、華やかで、幽玄でさえある。

だが、写真を撮る上でひとつ難点がある。周囲には柵があって、全体を撮ろうとすると、どうしてもそれが入ってしまう。したがって、見あげるようなアングルで撮影することが多い。

今日は天気が良く、青空だから、クリアな写真が撮れるだろう。いわゆる「抜け感」が強くなる。

たっぷりと撮ってから、法亀寺を離れ、車で十分ほどの松前藩戸切地陣屋跡に向かった。

ここの桜は、日露戦争の勝利を記念して植えられたという。

駐車場に車を停めて、八百メートルもある桜のトンネルを通りながら、並木を撮影する。本来は、左右の並木が作りだすトンネルを、遠近感を生かして撮りたいのだが、何しろ人が多すぎる。

やはり、早朝に来ればよかった。

そんな気持ちを抱きながらも、左右の桜並木を撮影する。

周囲には常に気を使っているのだが、つい撮影に夢中になりすぎていた。ファインダーを覗《のぞ》きながら後ろにさがったとき、誰かとぶつかる感触があった。

「あっ……！」

ハッとして見ると、水色のジャケットをはおって、ロングスカートを穿《は》いた女性が、足首を押さえて横座りしていた。

紺色のジャケットを着た初老の男が女の前にしゃがんで、

「おい、大丈夫か？」

心配そうに覗き込んでいる。

男は六十歳すぎで、女性はおそらく三十代だろう。歳の離れすぎたカップルに違和感を覚えつつも、

「すみません。俺がいけなかったんです。大丈夫ですか？」

浩之はあわてて声をかけた。

女性は立ちあがろうとして、「痛いっ」と声をあげ、またしゃがみこんだ。

「あんたが悪いんだ。急に後ろにさがるから、遥花《はるか》にぶつかったんだ」

男が浩之をメガネの奥からにらみつけてきた。

「あなた、怒らないで。この人だって、わざとやったわけじゃないのよ」

遥花と呼ばれた女性が男を咎《とが》めた。女性は、目鼻立ちがくっきりしていて、全体にやさしげで、優雅な顔つきをしている。

「すみません……ちょっと見させてください」

浩之は女性の前にしゃがんで、右の足首を触った。

足首にかるく触れただけで、「痛いっ」と顔をしかめた。

クリーム色のハイヒールを履《は》いていたので、浩之がぶつかったときにバランス

を崩して、足を挫《くじ》いたのかもしれない。

「足首を捻挫《ねんざ》されているようです。ほんとうにすみません。すべて俺がいけなかったんです。撮影に夢中になりすぎて……」

「あんた、カメラマンか？」

「ええ……井上浩之と言います。出版社の写真部で働いています」

「そんなプロのカメラマンがこんなことじゃ、困るじゃないか」

初老の男が険しい目で、浩之を見た。

「おっしゃるとおりです……今すぐ病院に行きましょう。俺がお連れします。車で来ているので、乗ってください」

「いえ、そこまでやっていただかなくても……」

遥花が遠慮がちに言う。

「でも、これでは歩けません。俺としても、自分の不注意で怪我をした方を放ってはおけません。それに、捻挫はなるべく早く治療したほうがいいんです。遠慮はいりません。立てますか？」

遥花を立たせて、肩につかまらせた。

「あの……失礼ですが、お名前は？」

紳士に訊《き》いた。

「田辺修一《たなべしゆういち》だ。これは妻の遥花だ……歳が離れているが、再婚したんだ」

浩之が当然抱くであろう疑問を、先回りするように、田辺が言った。

「せっかくのお花見が中途半端になってしまって、すみません。田辺さん、どうしますか？」

「そうだな。そういうことなら、病院まで送ってもらおうか」

「わかりました。治療費も俺のほうで払わせていただきますので」

「そうか……わかった。じゃあ、お世話になるよ……だけど、駐車場までどうする？」

「よかったら、俺がおぶっていきます」

「だけど、あんた、カメラの機材があるだろう」

「平気ですよ。肩からかけていきますから」

「それじゃあ、それは私が持とう」

「すみません」

浩之はカメラをしまい、カメラバッグを田辺に手渡した。田辺がバッグを肩に斜めにかける。

浩之は遥花の前にしゃがんで、背中を差し出す。

「どうぞ」

遥花は、田辺がうなずいたのを見て、

「では、失礼します」

と言って、おぶさってきた。

「しっかりとつかまっていてくださいよ」

両腕が前にまわされたのを確認して、浩之は遥花の両腿の下側をつかんで、持ちあげる。

慎重に立ちあがると、遥花がぎゅっとしがみついてきた。

「重いでしょ？」

「全然。軽いですよ」

田辺がハイヒールを脱がせて自分で持った。それを見て浩之は、遥花を背負い、駐車場を目指す。

駐車場までは百メートルくらいはあるだろうか。桜並木は全長八百メートルほどだから、この位置でよかった。

自然にずりさがっていく遥花を、背負い直すようにして持ちあげ、花びらの舞い散る桜のトンネルを歩く。

「遥花、大丈夫か？」

田辺が心配そうに言って、

「ええ……」

遥花が答える。

周囲の花見客の視線が集まっている。

それを無視して駐車場へ急いだ。屋外で成人の女性をおんぶするなんて、初めてだ。

プロのカメラマンとして、絶対にしてはいけないことをしてしまった。だからこそ、できることはすべてやって、誠意を示したい。

そんな気持ちとは裏腹に、遥花の息が頭部にかかり、ジャケット越しに豊かな胸のふくらみを背中に感じると、どうしても女性を意識してしまう。なにしろ身体の前面が背中に密着して、じかに女体のたわみがわかるのだから、意識するのは、無理もないだろう。

「すみませんね。重くないですか？」

遥花が心配して、背中から声をかけてくる。

「全然……まったく平気ですから。心配なさらないでください。それより、足首のほうは痛みますか？」

「少し……ジンジンして熱を持っているような……」

「ほんとうにすみません。心から謝ります」

「いえ、大丈夫ですから」

そういう二人の会話を、後ろからついてくる田辺が息を潜めて聞いている気配がする。

歳の離れた美しい後妻が男におんぶされている姿を、初老の夫はどんな気持ちで眺めているのか――。

ようやく駐車場に着き、ステーションワゴンの後部座席に遥花を座らせた。田辺が反対側のドアから乗り込むのを見て、浩之は近くにあった自販機で冷えたミネラルウォーターを買った。それをタオルで包んで、

「これで患部を冷やしてください」

ペットボトルを遥花に手渡した。

「ありがとうございます」

遥花が頭をさげた。

浩之は運転席に座り、スマホの地図アプリを使って、近くの病院をさがす。それをナビに記憶させ、車を出した。

ちらりとミラーで後ろを見ると、田辺が遥花を甲斐甲斐《かいがい》しく介抱している。シートに乗せた右足の足首に、タオルで巻いたペットボトルを押しつける一方で、片方の手では、遥花のふくら脛《はぎ》を愛《いと》おしそうに撫《な》でさすっていた。

2

浩之は、夫妻が泊まっている、函館の旅館に来ていた。

遥花は病院で捻挫と診断され、湿布して包帯で足首を固定されている。ほんとうに申し訳ない気持ちでいっぱいだ。二人のせっかくの旅行を台無しにしてしまった。

夫婦は明後日まで、ここで療養し、それから東京に帰るという。

浩之が頃合《ころあ》いを見はからって帰ろうとしたとき、

「よかったら、ここで晩飯を食べていかないか。部屋まで運んでもらうんだが、三人分、頼むから」

そう田辺に勧められたが、最初は固辞《こじ》した。

だが、田辺は頑《がん》として引かない。

「治療代まで出してもらったんだ。そりゃあ、怪我をした原因は井上さんにあるが、うちのがハイールを履いていたという落ち度もある。それなのに、ここまでよくしてもらって、そのまま帰すわけにはいかん。奢《おご》らせてくれ」

そうまで言われると、断れなかった。

夫妻は浴衣《ゆかた》に着替えて、上に袢纏《はんてん》をはおっている。浩之は普段着のままだ。

やがて、三人分のお膳が運ばれてきて、食事を摂《と》った。

遥花は座るのがつらいというので、ひとり広縁《ひろえん》の籐椅子《とういす》に腰かけて、テーブルで会席料理を食べている。

車中で聞いたのだが、田辺修一は六十八歳で、ある貿易関連の会社の社長をしているらしい。

五十歳のときに前妻と離婚して、しばらく独り身で過ごしたが、二年前に遥花と再婚した。

当時、遥花は三十三歳で、三十歳以上離れた、いわゆる歳の差婚だった。口さがない連中には、どうせ遺産目当てだろうから結婚は考え直せと反対されたが、田辺は自分の意思を貫《つらぬ》いて、遥花と再婚した。

遥花は当時、某高級クラブのチーママをしていて、歳の差結婚に加えて水商売ということもあって、周囲からの風当たりが強かったのだという。

「私は再婚してよかったと心から思ってる。たとえ仕事で成功したとしても、悦《よろこ》びを分かち合える身内がいなかった。虚《むな》しいだけだ。だが、私には遥花がいる。遥花は家事洗濯をきちんとしてくれるし、身のまわりの世話も、いやがる素振りひとつ見せない。これほどの女はいないよ」

車中で田辺はそう言って、遥花の手を握っていた。傍《はた》から見て、心配になるほど愛妻にべた惚れなのだ。

隣で料理を口に運んでいた田辺が話しかけてきた。

「食事中で悪いが、井上さんの撮った写真を見せてくれないか？」

「ええ、いいですよ。自己紹介用にプリントした写真があります」

浩之は常にカメラバッグに入れているアルバムを出して、田辺に見せた。

これまで撮影したなかで、よく撮れたと思う写真をアルバムにしてある。桜の他、様々な風景や人物の写真が入っている。

「ほう、女も撮るんだな。なかなかいい写真もある……どうだ、遥花の写真を撮ってくれないか。遥花は三十五歳で、身体にも適度に肉がついて、今が女として最高のときだ。盛りを迎えた遥花を写真に残しておきたい。どうだ？」

「もちろん、いいですよ。今は怪我をなさっているので……そうですね。東京にお戻りになって、怪我が治った頃に連絡をください。時間は合わせますので」

「わかった。そうさせてくれ……ところで、今夜はこれから予定は入っているのか？」

「いえ、この近くの旅館に戻って、寝るだけです。明日はちょっと忙しくなりそうですが……」

明日は五稜郭で桜の写真を撮ってから、赤レンガ倉庫に行って、高木藍子をさがすつもりだ。

「そうか……じゃあ、少し私たちにつきあってくれないか？」

「つきあう、というと？」

田辺が遥花のほうを向いて、訊いた。

「井上さんで、大丈夫か？」

「はい……でも、井上さんがおいやかもしれませんよ」

遥花が答える。

「どういうことですか？」

「じつはな……」

と、田辺が浩之を見て言った。

「私はネトラセなんだよ」

「えっ……」

浩之は絶句した。

ネトラセとは、妻や恋人を他の男に抱かせることで、強い悦びを感じてしまう性的嗜好を指す言葉だ。恥《は》じることもなく、それを口にする田辺に驚いた。にわかには信じられなかった。通常こんなにきれいで自分を愛してくれている女性を、他の男に抱かせるなんて、考えられない。

黙っていると、田辺が言った。

「信じられないって顔をしているな。事実なんだよ。そうだよな、遥花」

遥花が微苦笑してうなずいた。

「きみは、遥花が相手ではダメか？」

「いえ、そんなことは……素晴らしい女性だと思います」

「さっき聞いただろう。遥花は井上さんでも大丈夫だと言っていた。あとは、きみだけだ。頼む、妻を抱いてくれないか？」

「……あまりにも突然なので……」

「真実を明かそう……きみが遥花をおんぶしていたとき、私はメチャクチャ昂奮した。あれが勃《た》ったよ。あのとき思ったんだ。あんたは遥花の相手として相応《ふさわ》しい。このとおりだ。頼む」

田辺が頭をさげた。

どうしていいのかわからず、浩之は遥花を見て、

「いいんですか？」

思いを口にする。

「はい……」

遥花がにっこりとうなずいた。

3

遥花は浴衣をつけたまま、和室に敷かれた布団に横になった。

浩之はブリーフだけ穿いた格好で、遥花の隣に体をすべり込ませる。すると、

遥花が顔を寄せてきたので、浩之はとっさに腕枕する。

浩之はちらりと襖《ふすま》のほうを見た。

二間つづきの和室を区切る襖が少し開いていて、その隙間から田辺の目が見える。

「ほんとうに、いいんですね」

不安になって訊くと、

「ええ……修一さん、もうお歳だから、こうしないと、あれが勃たないんです」

遥花が小さな声で答える。アップにしていた黒髪を解いているので、やさしげな美貌に長い髪がかかっている。

「わかっていたんですよ。あなたにおんぶされているとき、修一さん、ひどく昂奮していたんです。それでわたし、わざとあなたにぎゅっと抱きつきました」

「……そうだったんですね」

「妙な性癖でしょ、おわかりになります？」

「いや……俺だったら、遥花さんのような魅力的な女性と結婚していたら、絶対に他の男には抱かせません。指一本触れさせるのもいやです」

「そうですよね。女はうれしいもんですよ、そうおっしゃっていただけると」

遥花が上体を立てて、胸板に頬《ほお》ずりする。

「このくらいしたほうが、いいんです。主人、すごく嫉妬《しっと》して、それが性欲につながるみたいです」

遥花が小声で言う。

「それは、わかります……嫉妬すると、セックスは激しくなりますね。絶対、俺のほうが上だろう、ってみたいな……」

「女性を独占するのって、男の本能かもしれませんね。ヤキモチを焼かせると、挑みかかってくる。それが、いいんです」

遥花もそんな気持ちで、他の男に抱かれるのだろう。

「だけど、嫌いな男では無理でしょ？」

「そうね。どうしても、と言われればするけど、それをしていると、どこか心がおかしくなってしまうかもしれません」

「俺は大丈夫なんですか？」

「井上さんは、ステキですよ。すごく……」

そう言って、遥花は胸板にキスを浴びせて、乳首を吸ってくる。チュッ、チューッと吸われると、ぞわっとした快感が体を走り抜けた。

それから、遥花は覆《おお》いかぶさるようにして唇にキスをしてきた。積極的であることを見せつければ、なおのこと田辺が嫉妬すると踏《ふ》んでいるからだ。

もし浩之が田辺の立場だったら、絶対に止めに入るだろう。遥花はやさしいキスをして、舌で唇をなぞってくる。さらに、歯列をちろちろと舌で刺激してくる。

思わず口を開くと、なめらかな舌がすべり込んできた。舌先を口蓋《こうがい》に届かせて、そこをくすぐるように舐《な》め、浩之の舌をとらえる。さらに、舌を巧みにからませながら、右手をおろして、ブリーフ越しに股間をなぞってくる。

浩之の分身はたちまち力を漲《みなぎ》らせて、ブリーフを突きあげた。

「ふふっ、硬くなってきた……」

遥花は、キスを首すじから胸板へとおろしていく。そのとき、捻挫した右足首に力がかかってしまったのだろう、

「痛いっ……」

遥花が右足首を押さえた。

「大丈夫ですか？　無理なさらないように……俺が上になりますから、遥花さんは楽な格好で寝ていてください」

そう言って、遥花を仰臥《ぎょうが》させ、浴衣の腰紐を外して、抜き取る。

前を開くと、拒《こば》むように遥花が前身頃《まえみごろ》を合わせた。

「また、痛みますよ。楽にしていてください」

浩之は浴衣の袖《そで》から腕を抜かせて、そのまま剝《は》ぎ取っていく。

見事な乳房がまろびでてきた。遥花は胸のふくらみを両手で覆い、太腿《ふともも》をよじり合わせて、下腹部の翳《かげ》りを隠そうとする。

和服が似合いそうな和風美女が羞恥心《しゅうちしん》をあらわにすると、いっそう色っぽく感じてしまう。

ちらりと襖のほうに視線をやる。さっきより大きく開かれた襖の隙間から、田辺が目をギラつかせてこちらを注視している。

浩之は視線を戻し、胸を隠している遥花の両手をつかんで開かせて、頭の脇に押さえつける。

「ぁあぁ、見ないでください……」

遥花が顔をそむけた。

だが、たわわな乳房はさらけだされたままだ。

乳首がやや上を向いたふくらみは、ちょうどいい大きさで、血管が透《す》けでるほどに色が白く、頂上の乳輪と乳首も透き通るようなピンクだ。

浩之は両手を放して、形のいい乳房を柔らかく揉《も》んだ。すべすべの乳肌は揉むほどに形を変えて、指が乳首に触れると、

「あっ……！」

遥花が顔をのけぞらせた。

とても敏感だ。もともとそうなのか、それとも夫が見ているから意識的にそういう演技をしているのか——。

乳房を揉みながら、頂上にキスをして、突起に舌を走らせる。

じっくりと上下に舐め、横に小刻《こきざ》みに弾《はじ》くと、

「ぁああぁ、あああぁ……感じます。それ、感じる……」

遥花が顎《あご》をせりあげながら、言う。

とても、演技とは思えなかった。もしかすると、愛する者に見られて、遥花の性感も昂《たかぶ》るのかもしれない。

高級クラブのチーママをやっていたくらいだから、客からの視線はいつも意識していたはずだ。それに、この状態で覗き見している夫を頭から追い出すことはほぼ不可能。当然ながら、夫の視線は自分が昂る要素となるだろう。

浩之は左右の乳房を揉みながら、片方の乳首を舌で転がし、吸って、右手を下

腹部へとおろしていく。

猫の毛のように柔らかい繊毛《せんもう》の底には、女の証《あかし》が息づいていて、すでに充分に潤《うるお》っていた。

かるくなぞりあげると、くちゅっと陰唇《いんしん》が割れる。なかのぬるっとした粘膜に指が達すると、

「ぁあぁうぅぅ……」

遥花がもっとしてとばかりに、恥肉を擦りつけてくる。

浩之は乳首を舌でもてあそびながら、花肉に指を這《は》わせ、中指でトントンとかるく叩く。しばらくそれをつづけていると、もう我慢できないとばかりに、下腹部がぐぐっ、ぐぐっとせりあがってきた。

浩之は乳首から口を離して、左手で脇腹をなぞりあげる。

「はーんっ……！」

遥花がのけぞり、きめ細かい肌が粟立《あわだ》つ。

フェザータッチで脇腹を撫で、そのまま、浩之は下半身にまわり、足の間にしゃがんだ。台形状に繊毛がびっしりと生え、その密度の濃さが遥花の性欲の強さを連想させる。

右足首は包帯が巻かれて痛々しい。そこだけは触れてはいけない。力をかけるような体勢を取ってもダメだ。

「こうしても、大丈夫ですか？」

慎重に両膝をつかんで、すくいあげた。

「はい……気になりません」

「よかった。痛かったら、遠慮せずに言ってくださいよ」

浩之は顔を寄せて、恥毛の底に貪《むさぼ》りついた。

狭間《はざま》をゆっくりと舐めあげていくと、そこはプレーンヨーグルトのような味がして、

「ぁあああ……！」

遥花が顔をのけぞらせる。

赤い粘膜がひろがって、内部から愛蜜がじゅくじゅくとあふれだしてくる。何度も狭間に舌を走らせ、膣口《ちつぐち》にしゃぶりつく。

ぴったりと口を押し当てて、できるだけ舌を押し込んでいく。ぐぐっという抵抗感のあとに、舌が膣口にめり込んでいく感触があって、

「はうぅぅ……！」

遥花の声が一段と大きくなった。

狭間よりも生々しい味覚があり、そこを舌で、押したり引いたりすると、

「ぁあああ、気持ちいい……」

遥花の心から感じている声が聞こえた。

しばらく、そこに舌を押し込み、そのまま陰唇の外側を舐める。ここは副交感神経が集まっていて敏感な場所だと、本で読んだ覚えがある。

肉びらの外側の陰毛が生えていない箇所《かしょ》に何度も舌を走らせると、

「ぁあああ、気持ちいいです……そこも、いい……ぁあああああぅ」

遥花はもどかしそうに腰をくねらせる。

浩之は翳りの途切れるあたりにある肉芽《にくが》を、下から静かに舐めあげる。それを繰り返していくうちに、

「ぁああ、ああああああ……」

遥花は喘《あえ》ぎを長く伸ばして、恥丘を持ちあげてきた。

浩之はここぞとばかりにクリトリスを舌であやし、転がす。さらに、指で包皮を剥《む》いて、じかに真珠《しんじゅ》を刺激する。

すると、遥花は右に左に身体をよじり、

「ぁあああ、もうダメっ……イキそう」

ぎりぎりの表情で訴えてくる。

浩之はそこでクンニを切りあげて、言った。

「申し訳ありませんけど、咥《くわ》えてもらえませんか？」

遥花がうなずいたので、浩之はブリーフを脱いで、布団に仰向《あおむ》けに寝る。

遥花が足の間にしゃがんだ。鋭角にいきりたつものの裏筋に、唇を窄《すぼ》めるようにしてキスをし、舐めあげてきた。それから、一気に頬張ってくる。

途中まで唇をすべらせて、なかで舌をからませてくる。裏のほうに、ねろり、ねろりと舌が這うと、分身がいっそうギンとしてきた。

快感に酔いながら、浩之はちらりと襖のほうを見る。

すると、開いた襖の奥で、田辺は遥花を凝視《ぎょうし》しながら、浴衣の間に右手を突っ込んで、イチモツをしごいていた。

(妻が男にフェラする姿を見ると、あんなに昂奮するものなのか)

浩之にはその気持ちがわからない。しかし、そういう男は、現実に存在するのだ。

見ると、遥花も頬張りながら、夫のほうを向いている。見せつけているのだ。

他の男の勃起《ぼっき》を一生懸命に頬張っている姿を夫に見せながら、自分も、夫がみずから肉棹《にくざお》を握りしごく姿を見て、高まっている。

ジュルル、ジュルルと、卑猥《ひわい》な唾音がする。

遥花は肉柱を啜《すす》るようにして、わざといやらしい音を立て、それを夫に聞かせている。

田辺は眉《まゆ》をひそめてその光景を見つつも、やはり昂奮するのか、さかんに肉茎をしごいている。

遥花はそのまま根元まで頬張って、しばらくじっとしていた。相当苦しいはずなのに、もっとできるとばかりに、陰毛に唇が接するまで口を押しつけてくる。

それから、ジュルルと唾音を立てて啜りあげ、ストロークをはじめた。

ゆっくりと全体に唇を往復させる。

浩之がその満足感に思わず呻《うめ》くと、遥花は吐きだして、浩之の膝をすくいあげた。何をするのかと見ると、なんと、睾丸《こうがん》を舐めはじめたのだ。

陰毛の生えている皺袋《しわぶくろ》にねっとりと舌を這《は》わせ、そのまま頬張り、片方の睾丸が消える。

遥花は口のなかにある男の睾丸に、丁寧《ていねい》に舌をからませ、ちゅっぱっと吐きだした。それから、もう片方の睾丸を口に含みながら、襖の奥にいる田辺をじっと見ている。

田辺は血走った目を向けながら、肉棹を強くしごいている。それを見て遥花は、ふふっと笑みを浮かべ、睾丸を吐きだした。

裏筋をツーッと舐めあげて、そのまま亀頭冠《きとうかん》に唇をかぶせる。今度は根元を五本の指で握り、しごく。それと同じリズムで顔を振るので、浩之はもたらされる快感に、

「ぁああ、気持ちいい。奥さんのフェラ、気持ちいい」

思わず言う。

遥花は垂れさがる髪をかきあげて、片方に寄せ、じっと見あげてくる。やさしげな表情が今は、見るからに獰猛《どうもう》なメスの顔つきに変わっていた。

遥花が追い込みにかかる。

ぎゅっ、ぎゅっと肉棹を握りしごきながら、髪を乱して顔を打ち振り、亀頭冠を刺激してくる。

ジーンとした痺《しび》れに似た快感がうねりあがってきて、

「ダメだ。出てしまう……奥さんとしたい」

浩之は素直に心の内《うち》を明かす。

すると、遥花は肉棹を吐きだして、こっくりとうなずいた。

浩之は、彼女の足首に負担がかからないように、遥花を仰向けに寝かせた。それから、左足だけをすくいあげて、あらわになった翳りの底に狙いをつける。

「ほんとうに、いいんですか？」

確認をすると、

「いいですよね、あなた？」

遥花が首をねじって、襖の奥の田辺に声をかけた。

「ぁあ……」

田辺が痰《たん》のからんだような声を出して、うなずく。

「ねっ、主人もそう言ってくれているんだから……ちょうだい。井上さんの逞《たくま》しいおチンチンをちょうだい」

遥花が潤んだ目で見あげてきた。

浩之のためらいが消えて、逆に、夫の見ている前で妻をよがらせたい、という加虐的《かぎやくてき》な思いがせりあがってきた。

片足をすくいあげたまま、慎重に腰を入れる。

ギンとなった亀頭冠が膣口の狭間を通過して、きつさを感じながらも、押し込んでいくと、

「ぁあああ……硬い！」

遥花が喘ぎながら言う。

浩之も奥歯を食いしばっていた。それほどに、遥花の体内は熱く滾《たぎ》り、粘膜が侵入者を受け入れて、もっと奥にちょうだいとばかりに、くいっ、くいっとイチモツを内側に手繰《たぐ》り寄せる。

名器だった。

田辺もこの名器に惹《ひ》かれて、再婚に踏み切ったのだろう。

今も、勃起に肉襞《にくひだ》がからみついてきて、ひくひくとうごめいている。

中折れさせない膣《ちつ》があるとすれば、このことを指すのだろう。

片膝を開かせて、押しつけながら、浩之はぐいぐいと腰をつかった。

緊縮力も強いが、粘膜がさっきのフェラチオの舌のように分身にからみついてきて、抜き差しすると、さらに快感が高まる。

「ああ、最高だ。奥さんのオマ×コ、うごめきながらからみついてくる」

浩之は田辺に聞かせるように言って、腰を叩きつけた。

「あっ……あっ……ぁあああ、気持ちいい。硬くて長い。長いのが奥を突いてくるのよ。あんっ、あんっ……お臍《へそ》に届いてる。おチンチンがお臍に届いてるのよ。ぁあああ、すごい、すごい……！」

遥花が両手を頭の横に置いてのけぞる。

そのとき、田辺が隣の部屋から出てきて、二人のすぐ隣にしゃがんだ。浩之はハッとして動きを止める。

「私を気にするな。遥花をイカせてやってくれ」

田辺がギラギラした目を向けて、

「私は見ているだけだ。遥花が他の男に嵌《は》められて、気を遣《や》るところを見たい。しなさい、早く！」

最後は厳しい口調で言った。それから、仰臥している遥花に、乳房を揉みながら訊いた。

「遥花、気持ちいいのか。お前は、私以外の男としてもイキそうなんだな。どうなんだ？」

「はい……気持ちいい。気持ちいいんです」

遥花が夫を哀切《あいせつ》な目で見つめて、答える。

「この売女《ばいた》が！　そうら、こうしてやる」

田辺が乳房の頂《いただき》に吸いついた。

荒々しく揉みしだき、舐めたり吸ったりしながら、遥花の高まっていく様子を凝視している。

それを見て、浩之も遥花をイカせたくなった。そうすることが、田辺夫婦をさらなる高みへと引きあげていくのだ。

片足を抱えて、ぐいぐい屹立を押し込んだ。

「あんっ……あんっ……ぁあああ、イキそう……イキますぅ！」

遥花がぼうっとした目を田辺に向けて、両手でシーツを鷲《わし》づかみにした。

「イケよ。ご主人の前で、イクんだ！」

「はい、はい……ぁあああ、ちょうだい。奥までください。いけないわたしを、メチャクチャにして……」

遥花が細めた目で、浩之を見て言った。

浩之がたてつづけに深いところに突き刺したとき、

「イク、イク、イキます……いやぁあああぁぁぁぁ、はうっ！」

遥花は部屋に響きわたる大きな声をあげて、のけぞり返った。それから、腰をがくん、がくんと上下に揺らす。

浩之は射精しそうになるのを必死にこらえた。

その間も遥花は、激しく腰をせりあげたり引いたりしていたが、やがて、がっくりとして動かなくなった。

田辺が震える声で言った。

「井上さん、私たち二人の写真を撮ってくれ」

4

仰向けに寝た田辺のイチモツを、遥花がシックスナインの形で上になって、愛おしそうにしゃぶっている。

そして、ジャンパーだけをはおった浩之は、田辺の指図で、二人の姿を一眼レフカメラで狙っている。

データごと欲しいだろうと考えて、新しいSDカードに取り替えた。このSDカードをそのまま田辺に渡すつもりだ。そのことを提案すると、

『悪いな、気を使ってもらって。そのほうが、こちらも安心できる……あんた、気に入ったよ』

田辺が喜んでくれた。

田辺の分身は、遥花の口唇愛撫《こうしんあいぶ》を受けて、ギンとしている。

さっき、遥花が昇りつめるのを見たときから、田辺のイチモツは鋭角にそそりたつようになった。やはり、自分の最愛の妻が、他の男にイカされるのを見ると、昂奮するのだ。

遥花は痛む右足首を上手く布団に置いて、尻を向ける形で田辺にまたがり、ぐっと上体を伸ばして肉棹を頬張っている。

雄々《おお》しくそそりたつものに唇をかぶせて、

「んっ、んっ、んっ……」

さかんに顔を打ち振り、時々、ジュルルと啜りあげる音をあげる。

田辺は頭の下に枕を置き、顔を持ちあげて、遥花の尻底の花肉を舐めしゃぶっている。

その一部始終を、浩之はカメラにおさめる。シャッター音が響くたびに、遥花は恥ずかしがるどころか、逆に積極的にイチモツに激しく唇をすべらせる。

浩之が正面にまわって、カメラをかまえると、遥花は長い黒髪をかきあげながら、カメラ目線を送ってくる。唇を巻き込むようにイチモツを頬張りつつも、常にカメラを見つめる。それから、吐きだして、いっぱいに出した舌でなぞりあげながら、微笑《ほほえ》む。

「ぁあああ……」

喘ぎ声とともに、その表情が崩れた。

おそらく、クリトリスを刺激されたのだ。

「んっ……あっ、あっ……ぁああ、そこ……あ、くっ……ぁあああ、気持ちいい。修一さん、気持ちいい」

遥花は悩ましい声をあげる。顔をのけぞらせながらも、田辺の勃起を握って、しごいている。

「今だ。遥花、乗ってこい。チンコを入れてくれ」

修一に言われて、遥花はその姿勢のまま、足のほうに尻をずらし、片膝を立てた。痛いほうの右足は布団につけたままで、いきりたちを濡れ溝に擦りつける。

それから、ゆっくりと腰を落としていく。

浩之は挿入《そうにゅう》シーンを逃さずに、シャッターを切る。

「うぁ……！」

遥花がのけぞりながら、声をあげた。

直後に、腰を前後に揺すりはじめる。もう一刻も待てないとでもいうように腰を鋭角に振って、

「ぁああ、あなたのおチンチンがなかにある。感じる、あなたを感じるのよ」

嬉々《きき》として言って、眉を八の字に折る。

その表情をとらえて、浩之はシャッターを切る。

シャッター音が響くと、遥花はちらりとカメラのほうを見る。それも一瞬で、すぐにセックスに没入して、目を閉じ、腰を前後に打ち振る。

「遥花、足を舐めてくれないか？」

田辺が言い、遥花は結合したまま、上体を倒した。

乳房を田辺の足に押しつけるようにして、向こう脛《ずね》を膝から足首へと舐めていく。いっぱいに舌を出して、すね毛の生えた脛に舌を走らせる。

しかも遥花は、うっとりとした表情で舐めているのだ。

浩之は感銘を受けつつ、そのシーンを撮る。

遥花は夫の脛を舐めながらも、撮影されているのを意識して、こちらに目線を送ってくる。ぞくっとするような笑みを浮かべて、カメラを見ている。

これが、田辺遥花のほんとうの姿なのだという気がした。

夫に命じられたことを忠実に行いながらも、夫を操《あやつ》り、翻弄《ほんろう》しているのかもしれない。高級クラブのチーママだった女性にとっては、初老の男を手のひらで転がすのは、朝飯前だろう。

遥花は前後に腰を揺すって、硬直にオマ×コを擦りつけながら、その動く勢いを利用して、夫の向こう脛に舌を走らせる。

そして、田辺は自分のほうを向いた尻を両手で押し広げながら、挿入部分を見つめている。

「ぁあああ、あああ……気持ちいい。気持ちいい……」

遥花が顔をあげて、目を細める。

浩之がその顔を撮影していると、田辺が言った。

「遥花、こちらを向きなさい。入れたままでだぞ」

「はい……」

遥花が素直に答えて、ゆっくりと右回りで足を移動させ、いったん真横を向いた。右足首をかばっているから動きは遅い。おそらく、痛みをこらえているのだろう。そこから、また回転して、正面を向いた。

遥花は愛おしそうに田辺を見つめ、それから、両膝をぺたんとシーツに突いたまま、腰を前後に振りはじめた。

浩之は前にまわって、遥花の表情を撮る。

痛みを押して、腰をゆっくりと前後に揺すりながら、

「ぁああ、あああああ、気持ちいい……」

顔をのけぞらせながらも、カメラ目線を送ってくる。

浩之は、遥花が騎乗位《きじょうい》で腰をつかう姿を、カメラにおさめる。

他人のセックスを撮影するのは、初めてだ。もちろん、こういう写真はコンテストには出品できない。それでも、何かが浩之をかきたてている。

男と女の本能的な営みは、ダイレクトに撮影者の男心を煽《あお》ってくる。そして、田辺にしても、今日のこの赤裸々な写真を見ては、気持ちを昂《たかぶ》らせるだろう。

足首に負担が増すので、膝を立てて、腰を上下動させることはできないようだった。

「こっちに……」

夫に呼ばれて、遥花は前に突っ伏していき、覆いかぶさるようにしてキスをする。田辺は、遥花の背中と腰を抱き寄せながら、下から突きあげる。

六十八歳でも性欲が高まれば、このくらいはできるのだ。つづけざまに腰を跳

ねあげる。

「んんんっ、んんんんっ……ぁあああ」

唇を重ねていた遥花が、キスできなくなったのか、顔をのけぞらせて、抑えきれない声を洩《も》らした。

田辺は連続して腰を跳ねあげていたが、さすがに疲れたようだ。

「足首は大丈夫か。大丈夫なら、這ってくれないか？」

妻に向かって、言う。

遥花は静かにうなずいて結合を外し、緩慢《かんまん》な動作で四つん這いになり、尻を突き出す。

田辺が言った。

「井上さん、遥花にあんたのチンポをしゃぶらせてやってくれ」

浩之には、田辺の気持ちが理解できた。田辺のイチモツがさっきより勢いを失っていたからだ。やはり、ネトラセの意識が薄れると、肝心なものが力を失くしてしまうのだろう。

幸い、浩之の分身は、さっきからいきりたっている。

上にジャンパーだけをはおった浩之は、カメラを持ちながら、遥花の前に立っ。少し腰を落とすと、遥花が顔を寄せて、イチモツを舐めてきた。

裏側に何度も舌を這わせ、そのまま頬張ってくる。

四つん這いの姿勢で、唇と舌をつかって、ずりゅっ、ずりゅっと肉茎をしごきあげてくる。

こうすれば、夫が昂るということがわかっているのだ。わざと唾音を立てて啜りあげ、また唇をかぶせて、顔を打ち振る。

すると、それを見ていた田辺が昂奮してきて、

「井上さんのチンポを美味しそうにしゃぶりやがって……そんなにチンポが好きなのか？」

言われて、遥花は咥えたまま、こくんとうなずいた。

「ギンとしたチンポなら、誰のものでもいいんだろう。そうだな？」

遥花がまたうなずく。

「この売女が！　お前のような好き者にはお仕置きをしないとな」

田辺がふたたび力を漲らせたイチモツを導いて、後ろから打ち込んだ。

「ぐふっ……！」

遥花がイチモツを頬張ったまま、夫のペニスを受け入れて、低く呻いた。

田辺がつづけざまに腰を動かすと、

「……うおっ、うおっ……」

遥花は浩之の勃起を頰張ったまま、くぐもった声を洩らす。

「うれしいのか、後ろから嵌められながらチンポをおしゃぶりできて。普通はこんな贅沢《ぜいたく》は味わえんぞ。ほうら、返事は？」

「ふぁい……」

遥花が頰張ったまま答えた。「はい」と言ったつもりが、曖昧《あいまい》な言葉になってしまう。

「お前のような淫乱はこうしてやる」

田辺が右手を振りあげて、遥花の尻たぶを平手で叩いた。ピシッという乾いた音がして、

「ふぁああ！」

遥花の悲鳴が洩れる。

田辺がつづけて尻ビンタをして、遥花は悲鳴にならない声をあげ、眉根を寄せる。

容赦《ようしゃ》なく、田辺は尻をつかみ寄せて、ぐいぐいと屹立を打ち込んだ。

「ふぁっ、ふぁっ、ふぁっ……あああ、気持ちいい。修一さん、気持ちいい……イッちゃう。わたし、またイッちゃう！」

勃起を吐きだして、遥花がさしせまった声を放つ。

「コラッ、誰が吐きだしていいと言った。咥えろよ。井上さんのチンポを咥えながら、気を遣れ。いいな！」

田辺にせまられて、遥花がまた浩之の肉棹にしゃぶりついてきた。

こうしたほうが、遥花も感じるだろうと、浩之は手で後頭部を引き寄せて、腰を振る。勃起で口腔《こうこう》を犯され、膣口に怒張《どちょう》を突っ込まれた遥花は、

「あおお、あおおお……！」

くぐもった声を洩らしながら、二人の男のストロークを受け止めている。

「たまらん女だな。イケよ、そうら、イクんだ」

田辺が力強く叩き込んだとき、

「あお、あお、あお……おふぁっ！」

遥花は浩之の肉棹を頬張ったまま、がくん、がくんと震えて、絶頂に達した。

痙攣《けいれん》が収まるのを確認して、田辺は肉棒を抜き取った。

それはいまだに棹の形をとどめている。

「私はもう女のなかでは射精できないんだよ。悪いが井上さん、もう一度、遥花とやってくれんか。二人がしているところを見て、自分で抜くから。頼む」

田辺が拝《おが》んでくる。

そこまで懇願されたら断れない。

浩之はカメラを置いて、遥花の後ろにまわった。

打擲《ちようちやく》を受けた左右の尻たぶは、手のひらの形に赤く染まっている。

その痕跡を見ながら、後ろからいきりたちを挿入すると、

「ぁあああ……！」

遥花が背中をしならせる。

浩之はくびれたウエストをつかみ寄せて、激しく打ち込んだ。いまだ射精していないので、分身も放つタイミングを、今か今かと待ちわびている。

強弱つけて抜き差しをすると、気を遣ったばかりの遥花が、また感じはじめて、

「あん、あっ、あんっ……！」

心からの喘ぎをあげる。

見ると、正面にまわった田辺が、妻の移り変わっていく表情を食い入るように

見つめながら、肉棹を握って、しごいていた。はぁはぁはぁと息を荒らげ、紅潮した顔で激しく分身をしごきまくっている。

遥花は夫の自慰行為を見ながらも、後ろから突かれて、高まっていく。

「ぁあああ、あなた、わたしイキそう。恥ずかしい。また、イッちゃう！」

遥花が言って、

「いいぞ。イッていいぞ。私も出そうだ。いっぱい出すぞ、お前の顔にぶっかけてやる」

田辺はそう言いながら、激しく勃起をしごく。

浩之もぎりぎりまで高まっていた。

遥花をイカせたい。そして、自分も放ちたい――。

つづけざまに腰を躍らせたとき、

「ぁあああ、あなた、イクわ。ほんとうにイクわ。イッていいのね」

「イケよ。俺も出す……出そうだ」

「あんっ、あんっ、あんっ……イクぅ……やぁあああああ、はうっ！」

遥花が嬌声《きょうせい》を張りあげると、その顔面に向かって、田辺の精液が放たれた。

田辺の男液が遥花の顔を汚したのを見て、駄目押しとばかりにもう一太刀《ひとたち》浴びせた浩之にも、至福のときが訪れた。

熱いマグマが分身を突き抜ける。

とっさに抜き取りながら放った白濁液が、遥花のしなった背中に飛び散り、白く穢《けが》していった。

# 第六章　花びらが誘う快楽ワールド

## 1

井上浩之は、函館の湯《ゆ》の川温泉《かわおんせん》にある旅館を早朝に出発して五稜郭に向かう。駐車場に車を停めて、五稜郭に入った。

五稜郭は公園として一般開放されている。堀の外側は常時開放されているが、水堀《みずぼり》の内側の廓内《かくない》は、この時期は午前五時から午後七時までの開園だ。

浩之は水堀の外側の道路を歩いて、土塁《どるい》に咲き誇った千六百本のソメイヨシノが堀の水面に映る景色を撮影した。

波がなく、きれいな水であるがゆえに、桜並木の姿がくっきりと堀の水面に映る。その水鏡の桜を撮った。

堀と土塁の境目のラインの上と下に、まったく同じ桜が鏡のように映り、水面にもまるで桜が咲いているようだ。

見事なまでの満開で、これ以上の桜花爛漫《おうからんまん》の五稜郭は見たことがない。

（今年は恵まれたな）

浩之は道路を歩きながら、これというポイントで土塁に咲いた満開の桜を切り取っていく。ヨーロッパの城塞都市《じょうさいとし》を参考にして造られた五稜郭は、美しい星形五角形で、この形は死角をなくすためだといわれている。

まだ早朝の六時過ぎだというのに、水堀の外側の道路をウォーキングやジョギングする男女がたくさんいる。内側では六時半になれば、広場でラジオ体操が行われるはずだ。

五稜郭は、戊辰《ぼしん》戦争、函館戦争で多くの旧幕府軍が死んだ場所である。だが、ここが戦争のあった場所だという歴史は風化し、今では完全に公園化されて観光名所となっている。

そして五稜郭にも、ほかの多くの古戦場と同様に、死者の鎮魂《ちんこん》のために桜が植樹されている。ここには、江戸幕府崩壊後、新政府軍と戦った榎本武揚《えのもとたけあき》や新撰組副長の土方歳三《ひじかたとしぞう》などの魂《たましい》も眠っているのだ。『桜の樹の下には屍体《したい》が眠っている！』と書いた梶井基次郎の文言は、正鵠《せいこく》を得ている。

浩之は、周囲から桜を撮り、その後、土手に咲いた桜を近距離から狙う。

広場でラジオ体操がはじまり、浩之も参加した。函館奉行所の前の広場で、放送に合わせてラジオ体操をする。早朝だというのに、数十人が集まって、一緒に手足を動かす。

ラジオ体操が終わって、浩之は広場に咲いている様々な種類の桜を撮影した。もう一度、外側から水鏡のソメイヨシノを撮ったところで、人が多くなり、撮影をやめた。

その後、五稜郭タワーに昇って、上から五稜郭を見た。

一〇七メートルの上から見る五稜郭は見事な星形五角形で、一方向にだけ矢印形の土塁が突き出している。その美しい星形を包む水堀を無数の桜が囲んでおり、緑とピンクと深いブルーの色彩が鮮やかだった。

欧州の城塞を模したこのペンタグラム（五芒星《ごぼうせい》）が、どうして函館に存在するのか不思議でならない。

浩之は、たっぷりと時間をかけて五稜郭を俯瞰《ふかん》して愉《たの》しみ、その後、愛車で函館の赤レンガ倉庫に向かった。

十五分ほどで赤レンガ倉庫の駐車場に到着した。

函館港に面した函館金森《かねもり》赤レンガ倉庫は、明治時代に建てられた倉庫群を改装したもので、なかでは数々のショップやカフェ、レストランなどが営業しており、函館の人気スポットになっている。

ここで、高木藍子が働いているらしい。

赤茶色の倉庫群は、運河を挟んだ「BAYはこだて」と金森洋品店から発展した「金森洋物館」、ほかに「函館ヒストリープラザ」と「金森ホール」に分かれている。

倉庫のなかには、五十弱のショップがある。

(これを全部、まわるのか……)

浩之は途方に暮れた。

だが、気持ちはすぐに決まった。

この旅で、幸いにして多くの女性と交わった。もちろん、それぞれの女性には好意を抱いた。しかし、藍子に対する気持ちとは、まったく違った。

八年前に置き忘れてしまったものを、取り戻したかった。いや、取り戻せるかどうかはどうでもいい。とにかく、藍子に逢えたら、お互いのわだかまりを解消したい。

自分がいまだに高木藍子を愛しているかどうかは、再会した瞬間に決まるような気がする。

逢ったとき、自分はどんな気持ちになるのか。そして藍子は、八年前に別れた恋人と再会したら、どう思うのだろうか――。

そもそも、藍子に逢えるのかも未知数だ。藍子が函館赤レンガ倉庫に勤めているらしいと聞いたのは、半年前だった。たとえ実際に働いていたとしても、辞めてしまった可能性もある。そうなったら、自分と藍子をつないでいる糸は完全に切れる。

まずは、函館ヒストリープラザから攻めていくことにした。ここは出店数が少ないから、答えは簡単に出るはずだ。

ビヤホール、レストラン、アクセサリーショップなどを訪ねて、実際にこの目で確かめ、さらに、シフトの関係で今日は出勤していないケースも考えて、従業員たちに、高木藍子という女性が働いていないかどうかを訊《き》いた。

いずれも答えはノーだった。

次に金森洋物館をまわった。ここは最もショップの数が多く、かつ多業種にわたっており、働いているなら、ここではないかと漠然《ばくぜん》と予想していた。

だから、生活用品、アクセサリー、ファッション関係が多い店を見逃しがないように丹念に調べた。

たっぷりと一時間ほどかけて、二十五もの店をまわった。

しかし、ここでも藍子を見つけることはできなかった。

さすがに、がっくりした。

徒労感に襲われ、一息つくために、洋菓子のカフェで紅茶を飲み、リンゴのタルトを食べた。

充電し終えてから、BAYはこだてに向かう。

これが最後の倉庫だ。まず、店舗の多い、運河の片岸に建つ倉庫を調べた。アート、クラフトなどのお洒落《しゃれ》な店が多い。藍子は写真家で美意識が高いから、勤めているとしたら、こうした店かもしれない。

念入りに調べた。藍子の姿は見えず、店員にも高木藍子という女性が勤めてないかを訊いた。

十二店舗をまわった。しかし、藍子が働いている店はなかった。

残るは、対岸の倉庫だけだ。そちら側には三つの店舗しかない。

(あのウワサはデマだったのか……いや、まだわからない)

運河にかかる橋を渡って、対岸の倉庫に着いた。すぐのところに、大きなオルゴール専門店があった。

ガラスや陶器、木製、宝石箱などの様々な素材や形態のオルゴールが陳列されており、製品のひとつが「エリーゼのために」を奏《かな》でている。

（オルゴール店か……ああっ、これは可能性がある。確か藍子の部屋には、陶器のかわいらしいオルゴールがあった気がする）

期待を込めて、レジに向かう。

いた……！

半袖のユニホームの下に長Tシャツを着た藍子が、浩之を認めて、ハッとしたように目を見開いた。

髪をハーフアップにしていた。全体から受ける雰囲気は、以前に較べると、いくぶんか穏やかに見える。しかし、ととのっていて、目の大きな顔立ちは、八年の経過をほとんど感じさせなかった。

かつて抱いていた熱い思いが、一気に込みあげてきた。懐かしさをともなっているだけに、感情はいっそう感傷的で激しい情愛となった。

近づいていくと、藍子は、「どうして？」という顔をする。

驚きが先立っていて、藍子の本心は読み取れない。

「ようやく、見つけた」

浩之は嬉々《きき》として声をかける。

「えっ……どうして、わかったの？」

藍子が当然の疑問をぶつけてくる。

「ある人から、函館の赤レンガ倉庫で働いているらしいと聞いたんだ。それでさがした。どのお店に行っても、きみの手がかりがなくて、半分諦めていた。だけど、よかった、見つかって……」

「わたしの事情、聞いてるでしょ？」

「ああ、聞いた。それで、逢って話をしたくなった。きみが小宮山秋芳を拒《こば》んで、干されたという話を聞いた。だから、俺のなかできみへの感情が変わったんだ。一度、じっくりと話し合いたい。ダメか？」

「待って……お待たせしました」

藍子は、レジに小さなオルゴールを持ってきた若い女性客に向かって、テキパキと対応する。店のロゴの入ったビニール袋に商品を入れて、客に差し出し、

「ありがとうございました」

と、深々と頭をさげた。それから、

「わたしは五時にあがるんだけど、そのあとでよければ……」

と、浩之を見て言った。

今は午後二時だから、あと三時間待てばいい。

「ありがとう。よかった。五時にここに迎えにくるよ。じゃあ、ひとまず消えるから」

浩之は商売の邪魔にならないように、店を出た。

橋を渡る途中、運河に目をやると、深い青色の水が静かに函館港に流れ込んでいるのが見えた。

2

その夜、函館の海を望む居酒屋で、浩之と藍子は食事を摂《と》っていた。

どうせ呑《の》むだろうからと、いったん湯の川温泉の宿に戻って、車を置き、タクシーでふたたび函館市内にやってきた。

仕事を終えた藍子と待ち合わせて、この居酒屋に入った。

海の見える高級居酒屋で、テーブルの上には、すぐ近くの市場で仕入れた、海の幸が並んでいる。

二人でビールを呑みながら、刺身を口に運ぶ。

藍子がこくっ、こくっとビールを呑む。

凛《りん》とした表情に見とれてしまった。ハーフアップにまとめた髪のせいか、三十一歳より若く見える。八年前より、若干ふっくらとしてきたのは、写真家を引退して、気持ち的に楽になったからだろう。

「わたしのこと、どこまで知っているの？」

藍子がアーモンド形の目を向けてくる。

「……きみが秋芳に迫られて、それを拒んだせいで、あいつの逆鱗《げきりん》に触れ、干さ
れたと聞いた」

「……そう。そのとおりよ」

「惜しかったな。賞を取り写真集まで出した。美人すぎる写真家として、期待を
かけられていたのにね」

言うと、藍子がぎゅっと唇を嚙《か》んだ。よほど悔しいのだろう。

「秋芳は最悪だよ。あんな男、撥《は》ねつけて当然だ。正直言って、きみが秋芳に命
令されて俺を振ったとき、きみを憎んだよ。信じられなくなった」

「……ゴメンなさい。フォトグラファーになるには、ああするしかなかったの

よ。ほんとうにゴメンなさい」

「いいんだ。あのときは女性不信に陥《おちい》った。だけど、ようやくそれは克服《こくふく》できたよ。きみが秋芳を撥ねつけたと聞いて、胸のつかえがおりたんだ。また、きみを信じられるようになった。だから、ここまで来たんだ」

じっと見ると、藍子も見つめ返してきた。

「ありがとう……でも、あのときにした事実は変わらない。だから、わたしにはあなたとつきあう資格がない」

そう言って、藍子は悲しそうな顔をした。

「それはないよ。言っただろ、藍子が秋芳を拒んで、干されたと聞いたときに、俺のきみに対する不信感は完全になくなったんだ。俺はすでに、きみが秋芳に抱かれていると思って……」

「それはないわよ！」

藍子が突っかかるように言ったので、ほんとうに藍子と秋芳の肉体関係はないのだと感じた。

「そうか……俺の誤解だった。ゴメン」

「いいえ、わたしが悪いの。あのとき、浩之を選んでいれば、こんなことは起こらなかった……」

まるで、自分に言い聞かせているようだった。そのまま藍子は口を噤《つぐ》む。

藍子の気持ちはよくわかった。そこで、現状について訊いた。

「ところで、藍子は今、写真を撮っているの？」

「……撮っていないわ」

「そうか……その気にならない？」

「ええ……」

「なぜ、オルゴール店なの？」

「それは……知り合いに紹介されたからよ。ああいうところで働いているときだけは、いやなことを忘れられるから……でも、週に三回だから、アルバイトみたいなものかな」

「明日は？」

「どうして？」

「いや……」

「明日は休みよ。ほぼ隔日で働いているから」

「だったら、明日、一緒に桜を撮りに松前公園へ行かないか？」

「一緒に行くって？」

「写真を撮りたくなったら、撮ればいいし……俺のモデルになってくれてもいい。じつは、今、桜と女をモチーフにして撮っているんだ」

浩之は、現在、某出版社の写真部で契約社員をしていて、この季節には休暇を取って、毎年、桜前線を追って撮影旅行を行っており、今年も東北から北海道へと北上してきた旨を告げた。

「桜は俺のライフワークなんだ。桜の写真でコンテストで賞を取りたい。俺はきみとのことで、秋芳から破門された。秋芳といえば、桜だろう。だから俺も桜で、秋芳の鼻を明かしてやりたいんだ。俺が秋芳の弟子になったのも、あいつから桜の撮影テクニックを盗みたかったからだ。そうなる前に、破門されたけど……明日、一緒に行ってほしい」

懇願すると、藍子が言った。

「……考えておくわ」

「じゃあ、行く気になったら、連絡をくれないか。車できみを拾っていくよ。俺は今、湯の川温泉の旅館に泊まっている。きみは？」

「わたしは七重浜《ななえはま》に住んでいるから、松前に行く途中になるわね」

「ちょうどいい。その気になったら、連絡をしてほしい。ええと、LINEの交換をしたいんだけど」

「……いいわよ」

これで、藍子との距離は縮まった。さっきまで連絡先さえわからなかったのだから大きな収穫だ。

その後、二人はビールを呑みながら、海の幸を胃袋に入れた。

八年前は、写真家の卵だったこともあり、藍子にはギスギスしたところがあった。シャープすぎて、それが苛立《いらだ》ちに見えることも。しかし、今の藍子は角《かど》が取れて穏やかになり、もともと美人だから、とてもいい女になった。

これなら、周りの男は放っておかないだろう。

「こんなこと訊いて、いいのかどうかわからないけど……藍子には今、彼氏はいるの？」

「……そんなこと訊いて、どうするの？」

「気になるんだ」

「……いないわ。函館に帰って一年も経つけど……まだ、男性恐怖症なのよ。秋芳の怒り狂った顔が、いまだに目に焼きついていて……彼には奥さんもかわいらしい娘さんもいるのよ。それなのに、どうして弟子に手を出そうとするのかしら。何度も断ったのに……男の人って権力を持つと、どうしようもなくなるんだわ。周りがすべてイエスマンになってしまうと、男は終わる。間違った全能感に支配されてしまう。今、わたしは傷が癒《い》えるのを待っているのかもしれない」

藍子は、どこか遠いところを見ているような表情で言った。

（そうか……時間がかかるんだな）

浩之はその傷を癒やしてあげたいと思った。しかし、再会した元彼にいきなり肉体関係を迫られたら、藍子は男性恐怖症が悪化してしまうかもしれない。

傷が癒えるのを待つしかない。

自分は藍子のために、いつまでも待つことができる——。

そう強く感じた。

居酒屋を出て、函館駅で列車に乗るのを待っていると、藍子が言った。

「明日、松前に行きたくなった。住所はあとでメールするから、家の近くにでも迎えにきてもらえると、うれしいかな」

「わかった。そうするよ」

やがて、列車が来て藍子が乗り込み、浩之は手を振って見送った。

翌日、浩之は途中で藍子を拾って、車で松前に向かった。

こうして、助手席に藍子を乗せるのは、久しぶりだった。八年前は同じアシスタントとして、よく藍子を助手席に乗せたものだ。

時間が巻き戻されていくようだった。

もちろん、過去とはまったく立場と状況が違う。だが、同じこともある。こうしていると、自分は藍子が好きなのだと感じる。それは空気感のようなもので、上手く説明できない。

藍子はカメラ機材を持ってきていた。浩之はうれしかった。藍子には写真を撮ってほしい。せっかくの才能を埋もれさせるのは惜しい。それに、写真家を辞めた原因が、秋芳のパワハラとセクハラだったのだから、藍子にはそれを打ち破ってほしい。

二人には小宮山秋芳という共通する敵が存在する。そのことが、二人の関係を深くしていくはずだ。

助手席の藍子のファッションが気になった。普段はパンツ姿が多い。昨日もジーパンを穿《は》いていた。だが、珍しくクリーム色のニットのワンピースを着ている。おそらく、今日はモデルになることも想定しているのだ。

フィットしたニットが、グラマラスなボディを浮びあがらせていて、目のやり場に困る。

美人フォトグラファーとして名を馳《は》せた藍子だが、モデルとして通用するくらいの容姿をしている。

勝気さを体現しているかのような、大きな目と鼻筋の通ったくっきりした目鼻立ち、そして、小さいが厚めの官能的な唇は、昔のままだった。

浩之は、彼女が脱いだときの美しい乳房や、くびれたウエストから張り出している充実したヒップも知っている。

そしてさらに、性的な感受性が鋭く、日頃の藍子からは想像できないくらいに感じて、押し殺した声をあげ、激しく身悶《みもだ》えしながら昇りつめていくことも、浩之は身をもって知っている。

それらの高揚感を押し隠しながら、浩之は車中で様々なことを訊いた。

藍子は今、実家に両親とともに住んでいるのだという。仕事はほぼ隔日だから、時間はある。暇なときはぼんやりしていることが多いらしい。

「写真家になるために、必死だったから……随分と無茶なこともした。今は、その疲れを取っているのね、おそらく……」

「じゃあ、充分に休息を取ったら、また写真を撮るんだね。今日はその予行演習をすればいい」

「……わからないわよ。撮れないかもしれない……」

「大丈夫、きみはスランプに陥って辞めたわけじゃない。圧力で辞めさせられたんだから」

言うと、藍子は押し黙った。

やはり、忌《い》まわしい過去は思い出したくないのだろう——。

松前公園の駐車場に到着して、愛車を停めた。

駐車場からも、公園が桜で埋めつくされているのが見える。

松前城を中心とした松前公園には二百五十種、一万本の桜が植えられている。品種改良もさかんに行われ、ここで多くの種類の桜が生みだされた。そういう意味では、ここは桜の博物館的存在だ。

松前藩は北前船《きたまえぶね》で潤《うるお》ったが、明治元年に新撰組副長・土方歳三が率《ひき》いる旧幕府軍によって松前城は陥落した。

五稜郭の桜もそうだが、桜の名所には、必ずといっていいほどに、多くの死者が眠っている。桜は、盛者必衰《じょうしゃひっすい》の言葉どおり、世の中の無情さを体現したものなのかもしれない。

一斉《いっせい》に咲いて桜花爛漫となり、一週間を過ぎると、そこに満開の桜があったことなど信じられないように、一気に散ってしまう。

植物学的にいえば、ソメイヨシノは、野生の桜ではなく、江戸彼岸桜《えどひがんざくら》と大島桜《おおしまざくら》を交雑して人為的に作られた（天然交配との説もある）品種であり、日本中のソメイヨシノは一本の原木のクローンたち。したがって、その地方のソメイヨシノは同時期に咲いて、満開になり、そして散っていく——と、一般的にはいわれている。

お花見用に品種改良して作ったソメイヨシノを見て、人々は諸行無常《しょぎょうむじょう》を感じる。つまり、ソメイヨシノを生みだしたとき、すでに日本には諸行無常を美とする概念があったということだろう。

桜花爛漫は、じつは極めて人工的に作られたものなのかもしれない。だから、きらびやかに咲き誇った桜を目にしたとき、人々は尋常《じんじょう》でないものを感じてしまうのだ。

撮影の機材を持った二人は駐車場を出て、公園に向かった。

坂道をのぼっていくと、二ノ門があり、それを潜ると、目の前に三層の天守を持つ松前城が見えた。

二人で、天守にのぼった。なかは資料館になっており、窓からは御神楽《おかぐら》を舞っているステージの舞台裏が見えている。

『松前さくらまつり』の時期だから様々なイベントが行われ、出店《でみせ》もけっこうある。もう少し景色を愉《たの》しみたいところだったが、人出の少ないこの時間に撮影をしたい。

すぐに天守をおりて、散策しながら写真を撮る。

前景に桜を入れて、その後ろの松前城を撮影する。他にも、広大な公園のところどころに写真映えする箇所《かしょ》があり、様々な方法で満開の桜を切り取っていく。

ここの桜は比較的、花びらの色が濃い。白に近いソメイヨシノとは違う品種が多いからだろう。八重桜《やえざくら》はとくに豊かな薄紅色をしていて、手鞠《てまり》のようにかたまっているから、青空に映える。

藍子はまだシャッターを切っていない。

「撮らないのか?」

「……ええ」

「そうか……だったら、モデルになってくれないか。その白い桜の木の下で立っていてくれればいい」

藍子はやけに花の色が白い大きな桜の木の下に行って、

「『雨宿《あまやどり》』ってプレートがかかっているわ。雨宿りができそうなほど枝が詰まっているからでしょうね。いいわ、わたしも雨宿りする」

そう言って、藍子は木の下にしゃがんで、真っ白な花を見あげる。そんな藍子に、満開を過ぎた「雨宿」の花びらが舞い落ちてくる。

藍子がそれを手のひらで受け止める一瞬をとらえて、シャッターを切る。

立ちあがり、藍子は花びらの雨を確かめるように両手を開く。

クリーム色のニットのワンピースを着ているせいか、藍子はまるで「雨宿」の桜の妖精《ようせい》のようだ。

様々なポーズで写真を撮った。

藍子は想像以上に、モデルとしても有能だった。カメラマンをしていたから、どんなポーズが合うか、とっさに判断できるのだ。

その後も広場をまわり、高名な「蝦夷《えぞ》霞桜《かすみざくら》」や「血脈桜《けちみゃくざくら》」の前や後ろに、藍子を置いて、たくさんの写真を撮った。

最後に桜見本園と新桜見本園で、様々な種類の桜を接写する。

ここには、新しく開発された品種が植えられており、真っ白な「翁桜《おきなざくら》」や、濃い色の八重桜である「紅手鞠《べにてまり》」、山桜の「胡蝶《こちょう》」など、考え抜かれた名前がつけられていた。

それらの新しい桜に興味を抱いたようで、藍子がいきなりカメラをかまえて、接写でボリュームのある桜の一塊《ひとかたまり》を撮りだした。

あとで、どんな写真ができあがっているのか、見たかった。

藍子のことだ。おそらく、斬新《ざんしん》な構図で、ひとつひとつの桜の花の生命力のようなものがあふれた写真だろう。

人出が多くなったので、二人は撮影をやめ、坂道の途中にある寿司屋で昼食を摂った。

その後、藍子が見本園でもう少し、新種の桜を撮りたいと言うので、それにつきあった。

やはり、藍子は天性のフォトグラファーだった。

夢中になって、新種の桜を近距離で撮影している。

午後三時になり、撮影を切りあげて、函館に戻る。

助手席で、藍子は自分が撮ったばかりの写真を液晶モニターで眺めては、

「ダメね。狙いがぼんやりしている写真ばかり。やっぱり、撮らないと腕が落ちるのね」

溜め息をついた。

「だけど、キッカケにはなったんじゃないのか。藍子が目の色を変えて、桜を撮っている姿を見て、胸にぐっとくるものがあったよ」

「……浩之に煽《あお》られたんだわ」

「だったら、毎日でも来て、きみを煽りたい」

「でも、明日、東京に戻るんでしょ？」

「ああ……だけど、せっかくきみがいるんだから、これまで撮った写真を見てもらいたい。それで、良さそうなものをピックアップして、アドバイスもほしい。藍子は前から、写真の批評家としても才能があった。見てもらえるか？」

「……いいわよ。浩之がどんな写真を撮っているか知りたいしね」

「わかった。じゃあ、そのお礼として、旅館の夕食をおごるよ。宿に夕食をもう一人分、頼んでおく。泊まるのは一人なんだけど、あそこは単独の宿泊プランがないから、二人分の宿代を払っているんだ。きみが食べてくれたほうがありがたい。ちょっと待って……」

浩之は車を路肩に寄せ、旅館に電話をして夕食を二人分作るように頼んだ。

3

車を発進させて、湯の川温泉に向かう。

旅館に到着し、ロビーでソファーに座った浩之は、藍子にこれまで撮った写真をパソコンで見せて、助言を求める。もちろん、ハメ撮りした写真は見せない。

「へえ、上手くなったね」

藍子は褒《ほ》めてくれた。そして、何枚か写真をピックアップして、アドバイスをしてくれる。

その後、食事処で夕食を摂ってから、泊まっている部屋に藍子を案内した。

藍子は二階にある和室を見まわし、広縁《ひろえん》の雪見障子《ゆきみしょうじ》を開けて、外を見た。

「庭がよく見えるのね。桜が満開だわ」

「お気に入りの部屋なんだ。函館に来たときは、この部屋と決めている。桜が庭にあるから、じっくりと撮影するにはもってこいなんだ」

「旅館に泊まりながら、桜前線とともに北上しているんでしょ。宿代がかかりそうね」

「普段は節約して、溜め込んだ金をこの撮影旅行にすべてつぎ込んでいる」

「そう……頑張ってるのね」

浩之は藍子が庭を眺めている背後から近づき、思い切って言った。

「俺たち、やり直せないかな？」

「……」

藍子の反応はない。

「俺は藍子ともう一度、やり直したい」

「でも、今のわたしはあの頃とは違うわよ」

「違わないさ。きみは今、傷を癒やすために休んでいるだけだ。だけど、そろそろまた動きだしていい時期じゃないか。東京に出てきてほしい。二人でいい写真を撮ろう」

藍子はくるりと振り向いて、言った。

「でも、東京には秋芳がいるわ」

「あんなやつ、関係ないよ。俺がきみを守る」

「……できるかしら？」

「できるさ。俺は桜の写真で賞を取る。業界で力を持つ男になる」

「ありがとう。その気持ちだけでもうれしいわ」

「気持ちだけじゃない。ほんとうに取る。だから、またつきあってくれないか。藍子を赤レンガ倉庫で見たときに、あらためて感じたんだ。俺のパートナーはきみだって……ダメか？」

「……ダメじゃない。わたしもあなたが好きよ。でも、わたしは裏切った女。それでも、いいの？」

「あのときはさすがに落ち込んだ。きみを恨んだよ。だけど、きみが秋芳を拒んで、この業界を追われたと聞いたときから、きみをまた好きになった。きみと俺の共通の敵は小宮山秋芳だ。ひとりでは無理でも、二人なら戦える」

そう言って、藍子を抱きしめた。

ニットのワンピースを着た藍子は、以前より身体がふっくらとしていた。前は痩せすぎていたが、抱き心地のいい身体になった。

「ほんとうに、わたしでいいの？」

「ああ……藍子じゃないとダメなんだ」

藍子の顔を両手で挟みつけるようにして唇を寄せると、藍子が目を瞑《つぶ》った。

カールした長い睫毛《まつげ》を見ながら、キスをする。

角度を変えて、ついばむようなキスをすると、藍子も唇を尖《とが》らせて、ツンツン押し返してくる。

（ああ、あの頃と同じだ……！）

八年前の記憶がよみがえり、股間に力が漲《みなぎ》ってきた。

湧《わ》きあがる熱い思いをぶつけるように唇を重ねて、抱き寄せる。藍子も情熱的に唇を合わせて、浩之を抱きしめた手で背中をさすってくる。

キスをつづけるうちに、藍子の身体から強張《こわば》りが消えていった。

浩之は、ふらふらしている藍子を、和室に敷いてある布団へと連れて行く。そのまま、そっと寝かせて、覆《おお》いかぶさった。

藍子は長い髪を乱し、目を細めて、浩之を見あげてくる。

「急すぎて、夢を見ているみたいだわ」

「俺もそうだよ。夢なら絶対に覚めないでほしい」

浩之はふたたび唇を重ねる。押し込んだ舌をからめながら、ニット越しに胸のふくらみをつかんだ。この八年で、藍子の胸も成長したのだろうか、記憶の乳房よりもたわわな気がした。

乳房をニット越しに揉《も》みしだき、キスを首すじにおろしていくと、

「あっ……！」

藍子はびくんと震えた。あの頃も首すじが性感帯で、ここにキスをすると、藍子は顎《あご》をせりあげて感じていた。

繊細《せんさい》な首すじを舐《な》める。ラインに沿って舌を走らせ、髪をかきあげて、耳殻《じかく》に舌を這《は》わせる。

「ぁあああ……いや、いや……」

感じているはずなのに、藍子は肩をあげて、急所を守ろうとする。

耳の穴にフーッと息を吹きかけて、そのまま首すじへと舌をおろしていく。

「ぁあああ……ズルいよ」

藍子はそう言いながらも、身体をのけぞらせる。

「変わってないんだね」

「……変わるはずないわよ。あなたと別れてから、男はいなかったもの」

「ほんとうか？」

「忙しすぎて、男を作る余裕なんてなかった……」

ウソではないだろう。実際に、美しすぎる写真家としてもてはやされていた頃は、醜聞《しゅうぶん》だけは避けたかっただろうし、秋芳に監視されていて、男を作ることなど考えられなかったに違いない。

「ますます、藍子が好きになった」

浩之は首すじにキスをしながら、全身を撫《な》でさすった。ニットに包まれた身体に手指を走らせると、藍子はびくっ、びくっと反応して、洩《も》れそうになる声をこらえている。

浩之は手をおろしていき、ワンピースに包まれた腰から尻を撫でる。

あの頃よりも明らかにむっちりとしてきた太腿《ふともも》を撫でおろし、膝上のワンピースの裾《すそ》から手を忍び込ませる。

そのまま、パンティの基底部へと差し込むと、それを拒むように両腿がぴたっと閉じられた。

太腿に沿って手指を這わせていくと、少しずつ締める力が弱まる。

太腿の隙間から右手を押し込み、パンティの基底部に触れた。そこはすでに湿っていて、指でなぞると、

「ぁあああ、いや、いや……」

藍子が首を左右に振って、訴えてきた。

「お願い。シャワーを浴びさせて……」

「ここにはシャワーはない。お風呂にあとで入ろう」

「でも……」

「大丈夫。藍子のことはすべて知っている……そんなに恥《は》ずかしいのなら、クンニはしない。それで、いいだろう？」

言い聞かせて、パンティの基底部を指でなぞった。

首すじにキスを浴びせながら、湿っている箇所《かしょ》を慎重に指で愛撫する。すると、そこはますます湿り気を増し、指の上下動に合わせて、腰が微妙に動きはじめた。

「ぁああ、あああぁ……」

基底部は指に翻弄《ほんろう》されるようにせりあがり、横に振れる。

浩之はパンティの上端から手をすべり込ませた。ミンクの毛のように、柔らかくてすべすべした繊毛《せんもう》が、ふさふさしていた。その下に指を届かせる。すでに充分に潤っていて、合わせ目に指を走らせると、割れて、温かい粘液が中指を濡らした。

「ぁあうぅぅ……」

藍子はさかんに首を左右に振る。

指の腹で上方の肉芽《にくが》をかるく叩いた。こうすれば藍子が感じることはわかっている。

かるくノックしつづけていると、

「ぁあぁ、ほんとうにズルい。全然、忘れていないのね」

藍子が目を細めて、見あげてくる。

「ああ、きみの悦《よろこ》ぶところは、よく覚えているよ。じつは、俺も藍子と別れてから、特定の恋人はできなかった。作ろうとしたこともあったけど、できなかった。藍子が俺の頭を占領していたからだ」

指先のノックを終えて、肉芽の周囲を円を描くように撫でまわすと、藍子の様子が逼迫《ひっぱく》してきた。

「ぁあぁ、それ……はうぅぅ」

藍子は恥丘をせりあげて、みずから肉芽を擦《こす》りつけてくる。

4

藍子がワンピースを脱いでいる間に、浩之も裸になった。

気持ちがせいていて、分身が早く藍子のなかに入りたいと、いきりたっている。

藍子は背中を向けて立ち、肌色のブラジャーを外した。それから、パンティに手をかけておろし、足踏みするように抜き取る。

あの頃も、藍子は自分で服を脱いでいた。浩之に女の服を脱がせる悦びを与えてくれなかったが、それは今も同じだ。

藍子は手で胸と股間を隠して、掛け布団の内側に裸身をすべり込ませた。

部屋は暖房が効《き》いていて、暖かい。

目を閉じて仰臥《ぎょうが》している藍子の隣に体を入れる。布団を背負うようにして、上から藍子を見た。

すると、藍子が目を開けて、何か去来するものでもあるのか、じっと見つめてくる。その瞳に、浩之への愛おしさが宿るのを感じて、そっと唇を寄せた。

キスをしながら、藍子の手をつかんで、股間のものに導く。

しなやかな指がおずおずとそれを握り、しごきはじめる。それにつれて、藍子の息づかいが乱れ、見る見るうちに、首すじから顔にかけて朱《しゅ》がさしてくる。

唇へのキスをやめて、首すじから胸元へと舌を走らせると、

「ぁあああ……あっ、あっ……」

藍子は鋭く反応して、がくん、がくんと肢体《したい》を震わせる。

感受性豊かな肉体は、当時と何ひとつ変わっていなかった。むしろ、前より感じやすくなっている。

肩から二の腕に舌を走らせ、そのまま横にずれて、腋《わき》の下から乳房へと舌を這わせる。下側の充実したふくらみが上の直線的な斜面を持ちあげて、やや上についた淡い色の乳首が少しだけ上を向いている。

あのときから、この乳房の形が好きだった。下側が充実して、ツンと上を向いている胸の形に劣情をかきたてられる。

乳房は明らかに以前よりたわわになっていた。

三十一歳という年齢がそうさせるのか、乳房だけではなく、全体にうっすらと肉がついて、丸みを帯びている。しかも、肌の色はあのときと同じで、ミルクを溶かし込んだような乳白色だった。

そっと乳房をつかみ、いっそうせりだしてきた乳首にしゃぶりついた。

根元からつまみだした突起を、下から静かに舐めあげると、

「あっ……！」

藍子が艶《なま》めかしい喘《あえ》ぎを洩らして、すぐに口を手のひらで押さえる。

以前も全身が性感帯だったが、多くの女性がそうであるように、乳首とクリトリスがもっとも感じるようだ。

つまみだした乳首を、焦《じ》らすようにゆっくりと上下に舐めつづけると、

「んっ……んっ……ぁあぅぅ……」

藍子は今にも泣きださんばかりに顔をゆがめて、顎をせりあげる。両手でシーツをつかみ、仄白《ほのじろ》い喉元《のどもと》をさらす。

その苦しさと快感の交錯《こうさく》する表情が、好きだった。

上下に舐め、速いリズムで舌を横揺れさせた。硬くなった乳首が弾《はじ》かれて、

「んっ……んっ……ぁあ、気持ちいい……はぅぅ」

藍子は両手でシーツをつかんだ。

「あの頃と変わっていないね。いつも、藍子はこうやって感じてくれた」

「……そうよ。だって、あなたとの時間があそこで止まっているの。二人の時間を、もう秋芳には踏みにじられたくない」

藍子の言葉が、浩之を歓喜させる。

(そうだった……そうなのだ。これで、ようやく二人が時を刻《きざ》みはじめる)

浩之は胸底《きょうてい》で呟《つぶや》き、反対側の乳首に顔を移した。尖りきった突起を情熱的に

舌で転がし、吸いながら、もう片方の乳房を揉みしだき、指で乳首を捏《こ》ねる。

それをつづけているうちに、藍子の腰が反応して、ゆるやかにうねりはじめた。

「ぁあああ……恥ずかしいわ。見ないで……いや、いや」

浩之が乳首を吸うと、

「はうぅぅ」

下腹部がぐぐっと持ちあがってくる。

浩之は右手をおろしていき、太腿を付け根に向かって撫であげ、手のひらをぴたりと花肉に押し当てた。

そこはすでに充分に潤っており、指でなぞると、ぐちゅ、ぐちゅと卑猥《ひわい》な音がして、

「ぁああ、この音、いやよ」

藍子が首をねじって、顔に羞恥《しゅうち》の色を浮かべる。

浩之は指を上にずらして、こりっとした部分を見つけ、そこに蜜を塗り付けて、円を描くようになぞった。

「あっ……あっ……ぁあぁうぅぅ」

藍子はもっと欲しいとばかりに腰を高く持ちあげて、眉根《まゆね》を寄せる。

浩之は体をずらしていって、足の間に腰を据《す》えた。

太腿の奥に顔を寄せると、

「いやっ……それはダメだと言ったでしょ。シャワーも浴びていないの。嫌われたくない……あっ、はうぅぅ」

藍子の言葉が途中で喘ぎに変わった。浩之が花肉に舌を走らせたのだ。

「いや、いや、いや……」

抵抗しようとする藍子の太腿を押し広げて、狭間《はざま》を舐めた。

ぬるぬるっと舌がすべる。いやな匂いはまったくない。むしろ、甘酸っぱい芳《ほう》醇《じゅん》な香りにあふれている。

台形に繁茂した翳《かげ》りの底にしゃぶりつき、粘膜を舐めて、そのままクリトリスをとらえた。包皮に覆われた突起をチューッと吸いあげると、

「はうん……！」

藍子は下腹部をせりあげて、小さく声をあげる。

浩之は包皮の上部を持ちあげるようにして指で剥《む》き、あらわになった肉の真珠《しんじゅ》に舌を走らせる。

すると、藍子の脳裏から羞恥心がかき消されたのか、

「あっ……んっ……あっ……」

藍子が息も絶え絶えの声を洩らす。

「気持ちいいんだね？」

「はい……気持ちいい。気持ち良すぎて、どうにかなりそう」

「どうなってもいいんだよ。俺はすべての藍子を受け入れる。おかしくなるくらいに感じてほしい」

言い聞かせて、陰核を丁寧《ていねい》に舐める。

肥大してきた肉芽を舌で転がし、吸い、しゃぶる。指先でトン、トン、トンとリズミカルに叩く。それを繰り返していると、藍子の様子が逼迫《ひっぱく》してきた。

「ぁあああ、あうぅぅ……イキそう」

藍子がぼんやりとした目を向ける。

「きみとつながりたい。いいか？」

訊くと、藍子がこくりと顎を引いた。

浩之は両膝をすくいあげて、いきりたっているものを押しつける。濃い翳りが茂っていて、その途切れるあたりに女の扉がわずかに開いていた。

そぼ濡れた膣口《ちつぐち》に切っ先を擦りつけて、ゆっくりと押し進めていく。

入口が一瞬、抵抗を示す。だが、少し力を込めると、亀頭部《きとうぶ》がとても窮屈なとば口を押し広げていき、なかに潜り込んだ。充分に濡れているのに、なかなかスムーズには入っていかなかった。

短いストロークを繰り返すうちに、余裕ができて、体重を乗せると、一気に奥まですべり込んでいき、

「はうぅぅぅ……！」

藍子は大きく顔をのけぞらせる。

奥まで届いた直後に、粘膜の壁がざわめきながらからみついてきた。

粘膜が波打ちながら、侵入者を内へ内へと手繰《たぐ》り寄せるような動きを示し、浩之も「くっ」と奥歯を食いしばる。

ピストンをしたら、すぐにでも射精してしまいそうな予感に、浩之は膝を放して、覆いかぶさっていく。

藍子のかるくウエーブしたセミロングの髪が乱れて、美しい顔に張りついている。その髪をかきあげてやり、上から藍子を見た。

やはり、八年前から男に抱かれていないというのは、事実だったのだ。藍子は

つらそうに眉根を寄せて、半開きになった唇をわなわなと震わせている。のけぞった顎の下の首すじには、痛ましいほどに筋が浮き出ていた。

「大丈夫？」

「ええ……大丈夫よ」

藍子が微笑《ほほえ》んだ。

浩之は顔を寄せて、唇にキスをする。唇を合わせ、舌を差し込むと、藍子の舌がからんできた。その舌を吸い、もてあそびながら、かるく腰をつかう。すると、藍子はキスできなくなったのか、

「あっ……あっ……あっ……」

と、小鳥が囀《さえず》るように喘ぎながら、右手の甲を口に押し当てて、声が洩れるのをふせごうとする。

その恥ずかしがる仕種《しぐさ》を好ましく感じて、浩之は少しずつ打ち込みのピッチをあげ、深いところに潜り込ませる。

「あっ……あんっ……ぁあああ、強くしないで」

藍子が訴えてくる。

「わかった」

浩之はストロークをやめて、首すじにキスをし、舐める。そうしながら、乳房を揉みしだいた。

「ぁああ、浩之、気持ちいい……気持ちいい……」

藍子がのけぞりながら、悦びの声をあげる。

長らくセックスしていないから、強く突かれると苦しいのだろう。藍子は自分と別れてから、八年もの間、男に抱かれていなかったのだ。そのことが、浩之にはうれしくてたまらない。

やさしく、やさしくと自分に言い聞かせながら、敏感な首すじに舌を走らせ、耳も舐める。

「ぁあああ……！」

耳は以前よりも感じるようになったらしく、さかんに顎をせりあげる。

首すじから乳房へと顔を移した。背中を折り曲げて、ふくらみを揉みしだき、乳首を舌で転がした。

「あっ……あっ……」

藍子は打てば響く反応をする。同時に、膣もぎゅっ、ぎゅっと肉棹《にくざお》を締めつけてくる。

浩之は顔をあげて、ゆっくりと腰を動かす。

つらくないように、途中まで押し込み、引いていく。

それを繰り返していると、

「ちょうだい……」

藍子が小声で呟いた。

「えっ、もう一度、言ってくれ」

「ちょうだい。もっと深く……」

藍子が恥ずかしそうに言う。

浩之は腕立て伏せの格好で、少しずつ打ち込みを強くしていく。すると、藍子はM字に開脚した足を開き、浩之のペニスを奥まで受け入れて、

「あんっ……あんっ……あんっ」

喘ぎ声をスタッカートさせて、浩之の腕をぎゅっと握る。

「……ぁあああ、奥に当たっているのよ。浩之のおチンチンが子宮を突きあげてくるの」

藍子がすっきりした眉を八の字にして、ぼうっとした目で見あげてくる。

浩之はふたたび唇にキスをした。キスをしながら、腰を律動《りつどう》させる。

それから、藍子の膝をすくいあげて、自分は上体を立てる。

両膝を開かせながらぐいと上から押さえつけると、藍子の腰があがって、角度がぴたりと合い、挿入《そうにゅう》が深くなるのがわかった。

「ぁあああ、これ……うあっ！」

藍子は低く生臭い声を洩らして、両手でシーツをつかんだ。

あの頃も、藍子はこの体位が好きだった。自分が刺し貫《つらぬ》かれているように感じて、高まるのだと言っていた。おそらく、今もそれは変わっていない。

浩之は両手で膝の裏をつかみ、ぐいと押さえつけながら、徐々にストロークのピッチをあげ、深く突き刺していく。

上から振りおろしながら、途中からしゃくりあげる。こうすると、自分も気持ちいいし、藍子も感じるはずだ。

持ちあがった藍子の足の親指が、快感の波の訪れそのままに、外に反《そ》ったり、内側に折り曲がったりする。

打ち込みを強くしていくと、藍子は浩之の下で乳房を波打たせ、全身を上下に揺すられながらも、

「あんっ、あんっ、あっ……ぁあああ……わたし、イッちゃう。もう、イッち

やう！」

下から潤んだ瞳を向けてくる。

「いいんだよ。俺もイキそうだ」

「出していいのよ、今日は安全日だから」

藍子が掠《かす》れた声で言う。

「藍子、イクぞ。出すぞ」

「ぁああ、イキそう……イクよ、イク……」

藍子が目を閉じて、大きく顔をのけぞらせた。

「いいんだよ、イッていいんだよ」

浩之は一気にスパートした。歯を食いしばりながら、いきりたちを打ち据えていく。奥に届かせるたびに、扁桃腺《へんとうせん》のようにふくらんだものが亀頭部にからみついてきて、ぐっと性感が高まった。

「あんっ、あんっ、あんっ……」

藍子はもうここが旅館の一室であることは頭から飛んでしまったようだ。甲高《かんだか》く喘ぎながら、両手で皺《しわ》ができるほどにシーツを鷲《わし》づかみにしている。

ウエーブした髪が躍り、乳房も揺れている。色白の肌のいたるところが紅潮して、藍子は顔が見えないほどに顎をせりあげる。

浩之がたてつづけに打ち込んだとき、

「ぁあああ、イキます……イク、イク、イッちゃう……はうっ！」

大きくのけぞって、がくん、がくんと結合部分を上下に揺らせる。

止《とど》めばかりにもう一度、深いところに届かせたとき、浩之も目眩《めくるめ》く至福のなかで、熱い男液をしぶかせていた。

5

三十分後、二人は離れにある風呂に向かった。運良く、『お花見風呂』と呼ばれる貸切り風呂が空いていたので、藍子を誘ったのだ。

藍子はためらっていたが、やがて、承諾してくれた。

半露天風呂になっていて、高野槇《こうやまき》でできたひろい湯船があり、洗い場と湯船には天井がついている。塀《へい》はないが、本館とは離れていて独立した形になっている。周りをぐるりと桜や他の木々に囲まれているので、外からは見えないような造りだ。

桜を撮りたいからと、浩之は一眼レフカメラを持ってきていた。

浩之はかるくかけ湯をして、高野槇でできた湯船につかる。

藍子は洗い場で丹念に身体を洗っている。カラン前の木製の椅子に腰かけて、石鹼で身体を洗い清めている。

色白の肌にお湯がかかって、いっそう艶めかしく見える。

肩幅はそれなりにあり、ウエストがきゅっとくびれて、そこから充実したヒップがせりだしている。

手足の先まで丹念に洗い終え、藍子は白いタオルで股間を隠して、湯船に入ってきた。

「こっちに」

声をかけると、藍子は浩之の隣に身体を沈めて、タオルを湯船の縁《へり》に載せた。

アルカリ性単純泉の無色透明なお湯だから、お風呂の薄暗い明かりでも、ゆらゆらとしたお湯を通して、藍子の白い肌が見える。

二人の前には、ライトアップされた様々な種類の桜が競い合うように咲き誇っていた。

白っぽいソメイヨシノ、柳のように枝がしなっているしだれ桜、もっとも赤みを帯びて、手鞠のような塊になった八重桜——。

どれもが満開の時期を過ぎ、舞い落ちた花びらが折り重なって、桜の絨毯《じゅうたん》を作っている。

「知らなかったわ。函館に住んでいるのに……こんな夢のような場所があったのね」

藍子が賛嘆《さんたん》の声をあげる。

「ああ……このお花見風呂が取れたこと自体が、奇跡なんだよ。キャンセルがあったのかもしれない。ついているんだな」

「……せっかくだから、撮ったほうがいいんじゃない？」

「ああ、撮るよ」

「さっき見せてもらった写真を見て思ったんだけど、透《す》けた湯浴《ゆあ》み着《ぎ》をつけた女性の背景に桜が咲いている一枚、あれがいちばんインパクトがある気がする」

「俺もそう思っていた」

「……でも、もっとできそうな気がする。たとえば、満開の桜の木の下で、花びらに埋めつくされた女体が横たわっているとか……」

「いいね。すごく、いい！」

「ここなら、できそうな気がしない？」

「ああ……でも、そのためには藍子にひと肌脱いでもらわないと……してくれるの？」

「……いいわよ」

「じゃあ、早速、撮ろう」

浩之は脱衣所に戻り、一眼レフカメラを持って戻ってきた。

周囲から見られていないことを確認して、藍子をもっとも厚く花びらの絨毯ができている、大きなソメイヨシノの前に連れて行き、根元に仰向《あおむ》けに寝かせた。

落ちている花びらをすくって、肌に散らす。一糸《いっし》まとわぬ美しい裸身が見る間に、花びらに埋もれていく。

顔だけを出して、全身を隠すのにそう時間はかからなかった。

「背中は痛くない？」

「大丈夫。花びらが肌をやさしく包んでくれるわ」

藍子が言う。

顔以外を花びらで覆われた藍子を、離れたところから撮影する。

桜の木の下で、左手だけを突きあげさせた。

散りかけている桜の木の前に敷きつめられた花びらの絨毯、そして、ライトアップされた、その幻想的な情景に同化した藍子が、花びらに埋もれて顔だけ出し、白い左手を突きあげ、何かをつかもうとしている……。

(これはイケる。絶対にイケる!)

昂奮を抑えて、浩之は冷静にシャッターを切った。カメラを持つ手が震えてしまう。

浩之は近づいていって、藍子に這ってもらう。

背中や腰、尻を、さらに大量の桜の花びらでびっしりと埋めつくし、上体を低くして、尻だけを突きあげさせる。

顔は見えないが、下を向いた乳房は仄白く浮かびあがり、途轍《とてつ》もなくエロチックだ。

「いいよ。すごく、いい……もう少しだから我慢して。いいよ、そう……お尻の角度を変えてもいいよ」

藍子はヒップの位置を微妙に変えて、顔をこちらに向けたり、強くのけぞったりしている。

そのとき突然、藍子の様子が変わった。浩之の指図を無視して、右手を腹のほうから潜らせて、翳りの底に指を這わせ、

「ぁああぅ……」

低く喘ぎ、背中を大きくしならせた。

そして、藍子は股間に伸ばした指を動かしながら、腰をくねらせ、顔をのけぞらせる。

浩之は脳天が痺《しび》れそうな昂奮状態で、その光景を切り取っていく。シャッター音が響き、

「ねえ、来て……」

藍子がこちらを見た。その目は、ぼうっとしていながら、せがむような色をたたえている。

浩之は近づいていって、藍子の後ろについた。

鋭角にそそりたっているものを、尻の底に押しつける。そこは、発情の証《あかし》をあらわにしてそぼ濡れていた。

ぬるっとした膣口に押し込んでいくと、切っ先が狭いところを通過していく確かな感触があり、

「あうぅぅ……！」

藍子が背中を大きく反らして、手で桜の絨毯をつかんだ。

熱く滾った体内を、浩之はうがつ。

叩き込みながら、シャッターを切った。

弓なりに反った背中には、桜の花びらが刺青《いれずみ》のように絵を描き、打ち込むたびにいくつもの花びらが散っていく。

藍子の濡れた粘膜がうごめきながら、分身にからみついてきた。浩之は何かに憑《つ》かれたように、激しく叩き込む。

「んっ、んっ、あっ……」

藍子の押し殺した喘ぎが徐々に高まる。

浩之は、二人とも桜の作る魔界に足を踏み入れた気がして、不安に駆られながらも、闇雲《やみくも》に打ち据える。

「あんっ、あんっ、あん……ぁあああ、イキそう。ねえ、わたし、イクよ」

藍子がさしせまった声をあげて、ますます腰を突き出してきた。

浩之も、得体の知れない何かに背中を押されて、なりふりかまわず無心で屹立を叩き込む。

女体に棲《す》む蛇が肉茎にからみついて、硬直を締めつけてくる——。

浩之は撮ることも忘れて、遮二無二《しゃにむに》打ち据える。もう、周囲のすべてが気にならなくなっていた。

今、ここにいるのは、自分と藍子と、桜だけだ。

「んっ、んっ……ぁあああ、イキます。やぁああぁぁ……」

藍子がさしまった声をあげて、のけぞり返る。

たてつづけに打ち込んだとき、浩之も至福に押し上げられた。

ぼうっと霞《かす》んだ視界に、舞い落ちた白い花びらが近づいてくる。その一枚《ひとひら》が開いた口に入り込み、浩之はこくっと飲み込んだ。

※この作品は双葉文庫のために書き下ろされたもので、完全なフィクションです。

双葉文庫

き-17-71

桜《さくら》の下《した》で開《ひら》く女《おんな》たち

2024年4月13日　第1刷発行

【著者】
霧原一輝《きりはらかずき》

【発行者】
箕浦克史
【発行所】
株式会社双葉社
〒162-8540 東京都新宿区東五軒町3番28号
［電話］03-5261-4818(営業部)　03-5261-4833(編集部)
www.futabasha.co.jp(双葉社の書籍・コミックが買えます)
【印刷所】
中央精版印刷株式会社
【製本所】
中央精版印刷株式会社

【フォーマット・デザイン】
日下潤一



ISBN978-4-575-52750-6 C0193
Printed in Japan

霧原一輝 女体、洗います

オリジナル長編
浴場エロス

スーパー銭湯で今も活躍する伝説の洗い師に弟子入りした23歳の洋平は洗っていたヤクザの妻とヤってしまい、親方と温泉場逃亡の旅へ。

霧原一輝 マドンナさがし 温泉旅

書き下ろし長編
ポカポカエロス

松山、出雲、草津、伊香保、婚活旅をする男ヤモメの倫太郎、54歳。聞き上手だから各地で「身の下」相談に。GO TO湯けむり美女!

霧原一輝 蜜命係長と 島のオンナたち

書き下ろし長編
ヤリヤリ出張エロス

会長の恩人女性をさがせ! 閑職にいる係長に出世の懸かった密命が下る。手がかりはなんとイク時だけ太股に浮かぶという蝶の模様だけ!

霧原一輝 PTA会長は 官能作家

書き下ろし長編
夜の活動報告エロス

山村優一郎は突然、小学校のPTA会長に推挙された。なってみると奥様方の派閥争いに巻き込まれ、肉弾攻撃にチンコが乾くヒマもない!

霧原一輝 部長夫人と 京都で

書き下ろし長編
イケない古都
しましょエロス

頼りない男で童貞の23歳、小谷翔平は部長の家で奥さんと懇ろになり、ついには秋の京都へ不倫旅行。その後、まさかまさかの展開が!

霧原一輝 蜜命係長と 女スパイ

書き下ろし長編
企業秘蜜に
カラダを張れエロス

リゾート開発プランがハニートラップによって盗まれた! かくなる上はハニトラを逆トラップにかけるまで! 刺客はどの美女だ?

霧原一輝 オジサマが 好き♡

オリジナル長編
中年のモテ期エロス

「がっつかないところや舐め方が丁寧なのが好き!」体力的に止むに止まれぬスローセックスが逆に美点に! あ〜、オジサンでよかった!

霧原一輝
鎌倉の書道家は未亡人
書き下ろし長編
長編やわ筆エロス
空港でのスーツケース取り違えがきっかけで美しすぎる未亡人書道家と出会った祐一郎は北陸の秘境宿でついに一筆入魂、カキ初めする！

霧原一輝
艶距離恋愛がいい！
遠くても会いにイク
長編エロス
姫路の未亡人から始まって大阪の元ヤントラッカー、名古屋の女将、福岡ではＣＡと、立て続けにベッドイン。距離に負けない肉体関係！

霧原一輝
追憶の美女
日本海篇
ヤリ残し解消
長編エロス
事故で重傷を負った康光は、走馬燈のように浮かんだ過去の女性たちを訪ねる旅に出る。意気地がないゆえ抱けなかった美女たちを。

霧原一輝
オジサマはイカせ屋
実践的性コンサルタント
長編エロス
独り身のアラフィフ、吉増泰三は会社勤めの傍ら「実践的性コンサルタント」として日々悩める女性の性開発をする。若妻もＯＬも絶頂へ！

霧原一輝
淫らなクルーズ
10発6日の
乱倫長編エロス
憧れの美人課長に誘われたのは、ハプバー常連のクルーズ旅で、うぶな鉄平は二穴攻めの３Ｐなど、濃ゆいセックスにまみれるのであった。

霧原一輝
同窓会の天使
長年の想い成就
長編エロス
ずっとこの胸を揉みたかった！　昔フラれた彰子と同窓会の流れで見事ベッドイン。今は未亡人の彰子と付き合うがモテ期が訪れて……。

霧原一輝
海蛍と濡れたアソコの光る町
発情サインが見えちゃう
長編エロス
春樹はある日海蛍が光る海で転倒。するとなぜか発情中の女性の下腹部が光って見える特殊能力が備わった。オクテな春樹も勇気ビンビン！